中国散文 60 强

读无尽岁月

李敬泽 / 著

北京联合出版公司
Beijing United Publishing Co.,Ltd.

图书在版编目（CIP）数据

读无尽岁月 / 李敬泽著. -- 北京 : 北京联合出版公司, 2024. 8. -- （中国散文60强）. -- ISBN 978-7-5596-7798-3

Ⅰ．I267

中国国家版本馆CIP数据核字第2024UJ8106号

读无尽岁月

作　　者： 李敬泽
出 品 人： 赵红仕
出版监制： 张晓冬
责任编辑： 李　伟
特约编辑： 和庚方　张　颖
封面设计： 立丰天

北京联合出版公司出版
（北京市西城区德外大街83号楼9层　100088）
三河市同力彩印有限公司印刷　新华书店经销
字数150千字　650毫米×920毫米　1/16　14印张
2024年8月第1版　2024年8月第1次印刷
ISBN 978-7-5596-7798-3
定价：65.00元

版权所有，侵权必究
未经书面许可，不得以任何方式转载、复制、翻印本书部分或全部内容。
本书若有质量问题，请与本公司图书销售中心联系调换。
电话：17710717619

"中国散文60强"丛书

编委会

丛书总策划

  张　明　著名出版人

编委主任

  邱华栋　全国政协常委

      中国作家协会副主席、书记处书记

编　委

  叶　梅　中国散文学会会长
  陆春祥　中国散文学会副会长
  冯秋子　中国作家协会原社联部副主任
  吴佳骏　《红岩》编辑部主任
  张　英　资深媒体人
  文　欢　作家、资深编辑

中华散文的文脉与发展

——"中国散文 60 强"总序

邱华栋

中国是诗的国度,亦是散文的国度。

穿越千年时空,从明清至唐宋,再由魏晋南北朝至两汉先秦一路回溯,汉语言文学中的散文实乃根深叶茂,硕果累累。无论是"唐宋八大家"之雄文美文,还是骈俪多姿的辞赋,以及名垂史册的《史记》《左传》,均为中国文学史上的璀璨明珠。"散文"与"诗"一道,成为中国文学的"嫡系"。尽管,后来从西方引进嫁接技术所催生的"小说",大有"喧宾夺主"之势,终究还得"认祖归宗",血脉和基因是无法改变的。

在中国散文流变历程中,曾出现过两次鼎盛期。一次是被文学史家所公认的"先秦散文"时期。其时,伴随着春秋时期的思想解放,诸子蜂起,百家争鸣,一大批散文家以饱满的气血、驳杂的学识和破茧的精神,创造出了散文的繁荣和辉煌局面,对后世产生了极大的影响。

到了"五四"时期,中国散文迎来了第二次鼎盛期。白话文如劲风激浪,吹刮和涤荡着神州大地。沉睡的雄狮醒来了,偃卧的小草开始歌唱。许多学贯中西的进步文人,肩扛文化变革的大纛,冲锋陷阵,掀起了一波又一波的新文学浪潮。《新青年》上刊载的散文,犹如一束束亮光,不但给人以希望,还给人以力量。"五四"以来的散文作品,无论是观念和主题,还是形式和风格,都跟以往的散文迥然不同。最具代表性的,当属鲁迅先生的散文(包括杂文),其刚健、凌厉的文质,疗救了中国散文长久以来颓靡不振、钙质疏流的顽疾。此外,周作人、郁达夫、朱自清、萧红、沈从文等一大批作家的散文创作亦各具特色,呈一时之盛,影响深远。

时代的前行催生了文学的发展,然而文学与时代有时并不同步甚至充满了"张力场"。"五四"的个性解放虽然催生了一批个性鲜明的散文精品,但这样的生态并未持续多久,中国散文的波峰出现了向低谷滑行的趋势。有论者指出,"散文在50年代既是对解放区散文文体意识的放大,又是对五四散文文体精神的进一步偏离。这种放大和偏离表现在个体性情的抒发让位于时代共性或者时代精神的谱写,政治标准优先于艺术标准,批判性为歌颂性所取代等诸方面。"(董健、丁帆、王彬彬《中国当代文学史新稿》)1960年代初,散文创作一度出现了活跃,"专业"从事散文创作的作家群凸显出来,刘白羽、杨朔、秦牧相继登场,迅速成为散文界的三位名家。但他们的作品后人评价褒贬不一,认为其中颂歌式的写法较为单向,这种模式化的写作,不但对散文的建设毫无益处,反而扼杀了散文的个性和神采。

"文革"十年,中国散文更是一片凋零和荒芜,乏善可陈。1970年代末,一些历经浩劫的作家开始复苏,解除思想枷锁,重新拿起笔来写作,中国散文才又凤凰涅槃,焕发生机。加之各种文学刊物纷纷复刊和创刊,以及大量西方文化读物的译介出版,更为这些饥渴、桎梏太久的散文作者提供了登台亮相的舞台和瞭望世界的窗口。

1980年代初期,伴随改革开放的热潮,思想解放大旗招展,文化随之繁荣,诸多承续"五四"精神的作家以笔为旗,抒发胸中压抑既久之块垒,出现了一批抒情性质浓郁的散文,使得现代散文这块"百花园"芳菲争艳,蔚为大观。特别是1980年代中期,随着作家主体意识的不断强化,中国文学开始呈现出一个崭新局面,作家从"集体意识"中抽身而出,重新返回"个体",注重对生活的体察和内在情感的表达。这一时期,散文的艺术性得以强化,文本的精神内涵和表现空间得以拓展。

进入 1990 年代，社会发展日新月异，城镇化进程锐不可当，文化领域亦呈多元格局。各种文学思潮相互碰撞，人文精神的讨论更是打开了作家们的创作思路。"大散文"概念的提出，引发了散文界对散文的内涵和外延的重新讨论和界定。风靡一时的"文化散文"热，成为文坛上一道靓丽的风景。"新散文""原散文""后散文""在场散文"等散文流派"你方唱罢我登场"，争奇斗艳，各领风骚。

及至二十世纪末，一批深具先锋意识和文体自觉的新锐作家，像一头公牛闯入瓷器店，使散文天地发生了激烈的碰撞和变化，形成一股新的散文潮流，提升了散文的审美品质和精神向度。

纵观 1978 年至 2023 年四十多年来，中华大地在"改开"的黄金时代中，社会生活奔涌激荡，各种思潮风起云涌，散文创作更是云蒸霞蔚、气象万千，涌现了众多成就斐然、风格各异的散文作家和具有思想深度、艺术上乘的散文作品。岁月的流水冲走了枯枝败叶和闲花野草，中流砥柱却巍然屹立。时间留住了新时代的散文经典，经典在时间的长河中绽放光芒。以沙里淘金的经典散文向"改开"的时代致敬，是我们不可推卸的责任和义务。

别看散文的门槛貌似很低，要真正写好，却实属不易。优质散文是有难度的写作，它不但需要作者的智识、胸襟、眼界、修养和气度格局；更需要写作者的态度、立场、慈悲、良知和批判勇气。遗憾的是，散文创作繁荣和光鲜的另一面，却是大量平庸甚至低劣之作的泛滥，不但败坏了读者的胃口，而且造成了物质和精神的极大浪费。散文作家层出不穷，散文作品汗牛充栋，可真正能让人记住的散文佳构却凤毛麟角。

散文要发展，文学要前行。发展和前行就要从平庸的樊篱中突围。在突围的过程中，散文作家不可太"聪明"，不可太世故，要永存对文学的敬畏之心。一言以蔽之，散文的尊严来自散文作家的尊严。也可以说，要想散文繁荣，首先需要有一批人格健全，品德高尚，铁肩担道义的散文作家。什么样的人写什么样的文章。特别是写散文，最容易看出一个作家的内在品质和境界涵养。一个人格不健全的人，哪怕他作文的技法再高妙，也很难写出撼人心魄、抚慰灵魂的散文来。作家精神品质的高低，直接决定其作品的精神向度。

为了散文写作的突围和发展，为了建设独具特质的当代散文，也是为了更好地从经典散文中汲取营养，我认为有必要正视和重申一些常识性的思考。高头讲章的理论是灰色的，常识之树却蕤蕤常青。

一、作家的个体精神决定散文的优劣。常言道，散文易学而难攻。难在什么地方，不是难在技巧，而是难在作家个体精神的淬炼上。倘若作家的个体精神不够丰富，不够深刻，不够清澈，纵使他手里握着一支生花妙笔，也写不出令人称赞的散文。那么，如何才能做到个体精神的丰富性呢，这就要求作家时时刻刻不背离生活，要知人情冷暖，体察人间百态，关心民瘼，有忧患意识，不要做生存的旁观者。一个冷漠甚至冷酷的人，是不适合从事散文创作的。

二、真诚是确保散文品质的基石。散文创作跟作家的生存经验息息相关，可以说，真正优质的散文，无不牵连着作家的血肉和心性。作家的喜怒哀乐，悲欢离合，都或隐或显地暗含在他的作品中。假如在一篇散文作品中，读者既看不到作者的体温，又看不到作者的态度，那这篇作品或许就是失败的。说明这个作者在他的作品中"说谎"或"造假"，缺乏真诚之心。作家一旦失去真诚，为文必定矫揉造作，作品也必定会失去生命力。因此，真诚是散文的"生命线"，也是"底线"。

三、个性是促进散文生长的养料。人无个性便无趣，文无个性便平质。当下，每年都会诞生数以万计的散文篇章，但能够让人记住，且读后还想读的作品并不多，何故？概在于这些数量庞大的散文，无论题材，还是语感都千篇一律，像是从"模具"中生产出来的，缺乏辨识度。散文要发展，必须要求作家具有"个性意识"。"个性意识"不是标新立异，更不是哗众取宠，而是一种"创新意识"和"审美意识"。但凡在散文创作方面被公认的那些大家，都是"文体家"，他们以自觉的写作实践，开创了散文写作的新路径。不合流俗方能独步致远，推动散文的建设和繁荣。

当然，以上几点并非创作散文的圭臬，谁也没有资格去为散文"立法"。

散文是自由的创造，散文精神即自由精神。我之所以提出来，仅仅是希望引起散文同行们的重视和参考，共同为中国当代散文的发展尽力增光。

我们策划、编选"中国散文60强"（1978—2023）的初衷，旨在对新时期以来的中国散文创作作出梳理、评价和选择，试图精选出风格各异的代表性散文作家，以每位一部单行本的形式，呈现出中国新时期优质散文的大体样貌。此项目的发起人为资深出版人张明先生。多年来，他一直追求做高品位的纯文学书籍，也曾连续多年与中国散文学会、中国小说学会合作，出版年度《中国散文排行榜》和年度《中国小说排行榜》。2023年他策划出版了《中国小说100强》，反响不俗。身处喧嚣、纷杂的环境，能以如此情怀和心力来为文学做如此浩大的工程，不能不令人钦佩！

感谢张明先生邀请我和叶梅、冯秋子、陆春祥、吴佳骏、张英、文欢组成编委会，共同遴选出60位作家。我们在召开筹备会的时候，即将作品的思想性、艺术性、代表性以及影响力作为编选的基本原则。在确定入选作家名单时，我们认真商讨，反复研究，生怕因为各自的眼力、审美和趣味之别，造成遗珠之憾。好在我们的工作得到了作家们的积极回应和鼎力支持，惠风和畅，大地丰饶。

60位入选的作家，既有令人尊敬的文学大家，如孙犁、张中行、汪曾祺、史铁生、邵燕祥、流沙河、刘烨园、宗璞、贾平凹、韩少功、张炜、梁晓声、阿来、冯骥才等。这批散文大家的作品，文风质朴、清朗、刚健，充满了"智性"和"诗性"。无论他们是写怀人之作，还是针砭时弊，歌咏风物，都有着鲜明的文化立场和审美取向。他们或出入历史，借古观今；或提炼人生，洞明世事，输送给读者的都是难能可贵的"精神营养"。

也有被散文界公认的名家，如李敬泽、王充闾、马丽华、周涛、冯秋子、叶梅、筱敏、张锐锋、周晓枫、于坚、鲍尔吉·原野等。这些作家的散文作品，特色鲜明，风格独特，诚挚内敛，从内容到形式，都作出了各自的探索和尝试，为当代散文注入了活力。从他们的作品中，我们不但能够领略汉语之美，更可以借此反观生活与存在，寻找人之为人的价值和尊严。

还有散文界的中坚力量和青年才俊，如彭程、谢宗玉、江子、雷平阳、任林举、塞壬、沈念、傅菲、吴佳骏、周华诚等。从他们的作品中，我们见到的，不只是中国散文的文脉传承，更是自由精神的张扬。他们文心雅正，笔力锋锐，不跟风，不盲从，始终保持着独立的思索和判断，在各自所开辟的散文园地中精耕细作，以崭新的姿态参与和推动当代散文的变革。

其实，细心的读者不难发现，入选本丛书的老、中、青三代作家都有个共性，即他们均在以自己的作品审视心灵，心系苍生，弘扬真善美，鞭挞假恶丑，充满了正义感和人道主义精神。这自然与时下众多书写风花雪月，一己悲欢，充塞小情趣、小可爱的散文区别开来。正是因为有他们的存在，中国当代散文才呈现出一幅绚丽多姿的长卷。

需要说明的是，有些重要的散文家，如张承志、余秋雨、王小波、苇岸、刘亮程、李娟等人，由于版权或其他不可抗原因，未能将他们的作品收录进来，我们深以为憾。

我们还要感谢北京立丰天文化传播有限公司的资金支持，感谢北京联合出版公司的精心编校，他们慷慨和无私的义举，对于繁荣中国当代散文创作、对于赓续中华优秀散文文脉、对于中国新时期的文化积累，均具重大价值和意义，可谓善莫大焉。这套丛书的出版意义将同《中国小说100强》一样，旨在给读者以经典的指引，这既是一项重要的原创文学工程，同时也是助力推动全民阅读和研究传播文化的公益工程。

郁郁乎文哉，中国散文有幸！

是为序。

2024 年 5 月 12 日星期日

（作者为全国政协常委，中国作协副主席、书记处书记）

目 录
Contents

卷 一

002 | 书房八段

009 | 最初的书

014 | 我喜欢的岛屿

017 | 修道院中的"魔鬼"

025 | 颜色的名字

033 | 印在水上、灰上、石头上

041 | 收藏者

049 | 巨大的鸟和鱼

057 | 天花乱坠

077 | 这个下午读爱情诗

卷 二

080 | 对我们历史的信心

083 | 《漫画汉书》序言

085 | 用黑色的眼睛寻找光明

089 | 黑的、消失的、存于记忆的海

093 | 撒马尔罕的金桃

096 | 目光的政治

099 | 浮世、女人与《天演论》

103 | 饮食君子

106 | 两个世界，相互遥望

110 | 大地上的标记

115 | 这个晚上的歌声

119 | 山上宁静的积雪，多么令我神往！

卷 三

136 | 案头日本

142 | 傻瓜史

145 | 天鹅绒下的刺

148 | 朴素、庄严的真理

151 | "外省青年"的货币摇滚

154 | 精致的伪善

157 | 深渊中的火

161 | 穆齐尔的邀请

164 | 理性的操练

167 | 古道西风破车

170 | 哇噻哇噻哇噻?!

卷 四

174 | 平安无事的碰撞

177 | 双臂大回环?

181 | 话"西游"

185 | 构筑我们的文学家园

190 | 谁更像雷蒙德·卡佛?

204 | 人民大地的诗人

卷 一

书房八段

一、面积

书房的面积必须大,或者必须小。必须大是理想,最好有半个足球场那么大;必须小是现实,很多人的书房很小,如果你家有两三口人、三四间房,在规划房间功能时最终总是最小的那间适合作书房。

小的书房有幽闭感,躲进去,把门一关,就像刚从野地里回巢的田鼠,鬼鬼祟祟地舒服。我认为无论看书还是写作都不是光明正大的事,必须鬼鬼祟祟,就像……像什么我就不说了,反正狭窄的空间比较有利于营造上述气氛。

但我们还是向往大书房。不过,我们在如同半个足球场的书房里干什么呢?看书、打字,还是颤颤巍巍地散步?我觉得那么大的书房不用来散步比较可惜,我相信有大书房的人也是这么想的,由此也就可以理解为什么他们通常产量小、质量低。

现在就有了一个定律:书房的面积和写作的产量、质量成反比。这个定律的另一层意思是,"理想"最好是止于"想",实现了的理想总会有出人意料的弊端。

我的书房不大，也不小。

二、朝向

书房的朝向无一定之规，东西南北皆宜。我的书房朝南，好处是有太阳，坏处也是有太阳，太亮，暴露在光天化日之下，而且风不推窗。——冬天或春天，北风猛烈，你会觉得窗外有一群暴徒，窗里的人心却静了。

而在南窗，只得听琴。总有一把胡琴嗞嗞啦啦响，琴弦大概是钢丝，琴弓如锯，操琴者每天从上午到下午，坚忍不拔地用他的哀怨和痛苦刺激人，那是街上的一个老年乞丐。

三、书

书房里要有书。有的人书多，有的人书少。我的书多，但也正应了那句老话："书到用时方恨少。"我认为对这句话的正确理解应该是：我们真正用得上的书其实是那么少。大部分的书功用仅限于占地方，每思及此，焉得不"恨"？

关于书，有一种军备竞赛原则。我的武库中有一万枚核弹头，是不是我真打算有朝一日把这些弹头一枚枚地甩出去？当然不是，除非我疯了。一般来说，有的书是坦克、飞机之类的常规装备，没准能用上，有的书却是买时就知道永远用不上，但还是要买，超级大国配备原子弹就像女人配备镶钻石的首饰，同样，有些书不买我就觉得委屈。

比如，我的柜子里有大批关于鸟类和航空器的图书，人家会以为我有鸿鹄之志，或者对鸟与飞的学问素有研究，实际上，我只认识常在窗口出现的麻雀、黑喜鹊和一只红喙乌鸦，至于飞的经历，我只坐过飞机，小时候有一次从二楼阳台往下跳还崴了脚，我也不知道苏-27和米格-29有什么不同。总之，我大概永远不会去读那些书，但是，它们千万不要被我看到，看到了我就没理智啦，鸟类图谱或飞机图录通常很贵，我会挖空钱包，买回来，放进书柜，从此再也不翻一下。

但我们真正爱着的恰恰是那些没用的书：

《亚洲古兵器图说》
《洛阳伽蓝记校注》
《维多利亚女王传》
《临床医学的诞生》
《游移的湖》
《云南相玉学》
《雷蒙·阿隆回忆录》
《东印度公司对华贸易编年史》
《黄金草原》
《徐霞客游记》
《人的大地》
《傅科摆》
《周作人俞平伯往来书札影真》
《老北京的店铺招幌》
《上海洋场竹枝词》

《板桥杂记》
....

当然，除此之外，我的书柜里照例也会有《瓦尔登湖》《圣经》《神曲》《卡夫卡全集》等等，这些书是有用的，虽然我并不曾读，但把它们摆在这里可以让我获得一种安全感，就像出门带着身份证；否则你就想想吧，你居然没有一本《瓦尔登湖》！

其实我的《瓦尔登湖》是1982年的初版本，"内容提要"中写道：

19世纪美国著名作家梭罗，因为厌恶资产阶级的物质文明，独自在瓦尔登湖畔筑屋隐居，在劳动生活中思索人生、社会等问题……

——1982年距今近二十年，一本书二十年不读，也就不必读了。

假设有一天，被放于荒岛，只许带一本书，那么我会带上《东亚鸟类图志》，那时我就坐在树下，晒着太阳，一一辨认那些飞来飞去的鸟。

四、床

请原谅我谈到床，我的书房里没有床，但我认为一般情况下，书房里放一张床很有必要。它的功能是可以雄赳赳地从卧室摔门而出，再一脚踹开书房的门，不必为去哪儿睡觉心虚。我想已婚同志们对此都有充分的体会。

五、视听设备

很多书房里是有音响的，我没有。我听窗外的胡琴，也听车声，还有附近歌厅的小姐们下班时夜鸟归巢的尖笑。还经常有人在街上争吵，夜让他们口无遮拦，他们不知道有人在他们的头顶正抻着脖子看。有一度，楼下那家茶楼生意寂寥，两个穿中式裤褂的女孩子闲着，居然在马路中间跳绳，那是凌晨一点，听着"哒哒"的声音，夜变得点点滴滴。

我敬畏那些在写作或读书时听巴赫或莫扎特的人，我觉得他们"白衣胜雪，玉树临风"，也就是说他们又瘦又白，身体几乎抽象为精神。我希望我也能这么干，也许还能瘦身减肥，问题是我对音乐的欣赏水平最高也就到了王菲，我的心总能随着她的哼哼不知跑到什么地方去，这显然是看书不宜，写字也不宜。

所以，没有音响。但有过电视。我喜欢让电视无声地开着，我在电脑前工作。打出的字数差不多够一千了，如蒙大赦，赶快懒到沙发上，攥着遥控器，一个一个频道翻过来翻过去。和"知识分子"们一样，我也经常控诉电视，因为是否爱看电视是政治正确与否的标志。但谁都说北京的空气质量不好，可你总不能因此就闭住嘴不喘气。

看电视的主要问题是大大降低工作效率，一个小时，两个小时，很难收拾起心情回到电脑前，这让人有一种自甘堕落的罪孽感。为了证明自己依然是个上进的同志，我最终把电视搬到了另外的房间。

但有电视的日子是好的。蓦然回首，见那人或那群人在无声地哭、笑、在街上奔跑、在床上拥抱，一条鲨鱼张开血盆大口、一只鹰展翅滑翔……

六、书桌

30年代国破家亡，书生们投笔从戎，最坚强的理由是：天下之大，竟放不下一张书桌。到太平年月，书生的烦恼主要是房间之小，也放不下书桌。90年代初，我的一个朋友在他那间6平方米的书房里对我说："有朝一日，我要买一张6平方米的书桌。"然后他就怀着这个宏伟理想出去奋斗了。现在他肯定已经有了6平方米的桌子，他可以在上面睡觉、打滚儿，当然也可以大笔一挥，签合同。

显然，中国的读书人一直端着他那张书桌，寻寻觅觅，犹犹豫豫，凄凄惨惨戚戚。好在这个问题终于有了解决办法，就是取消书桌。我的书房里只有一张长不过四尺，宽约一尺五的老式琴桌，雕镂着鹿、鹤、云纹和松枝，烦琐而呆板的工艺风格透露着精疲力尽的末世趣味，应是晚清制品。这张琴桌正好只能放下电脑、键盘、鼠标、一杯茶和一个烟缸，也就是说，它成了一张电脑桌。

——这不是书桌。要看书我可以坐在沙发上，要写字我就敲键盘，我为什么需要书桌？

七、……

"……"是"等等、等等"的意思，指书房里难以归类的各种物品。

书房是私人博物馆，而且那位收藏家通常看上去趣味混杂、随遇而安。比如，我的书房里就有仿均窑的大瓶和景德镇大瓶、根雕观音和醴陵的滴水观音，有来自古巴的格瓦拉烙画和来自巴黎的拿破仑铜画，有一只汉白玉羊和一只汉白玉鸭，几只真假不明的陶罐，一把铜茶壶和一只云南石瓶，北海渔船上的桅灯，一架飞机模型，是朋友在青岛机场所赠，一张羊皮上的唐卡，它来自甘南；还有一块据说花纹很像卡夫卡的石头，一根绿玉笛，插在青花大瓶里，一艘白瓷船，两只巴基斯坦铜瓶，几把藏刀，一头青铜怪兽……

这些物品被珍重地收藏。它们本身的价值可疑，它们之间构成一种"关公战秦琼"式的古怪关系，它们之所以放在这里因为它们是个人生活的印迹。那些物品落满灰尘，但擦去灰尘，记忆犹新。

八、主人

书房当然有主人。书房是它的主人隐秘的舞台，是一个人的梦境，是他绝对虚假、绝对真实的生活。

最初的书

那个人叫什么？敏豪生或什么什么豪森？我记不清了。手边无书，一时也无从查找。他好像是德国人，其时应该是16或17世纪吧，他写了一本书，书名也许是《吹牛大王历险记》，也许不是，我甚至怀疑那本书根本就没有封皮，在20世纪70年代初的某一天，它落到一个中国孩子手中。

我想那是我读到的第一本外国文学，情节差不多忘光了，只记得那个家伙被大炮砰然一响发射到了天边——那本书好像是有插图的，瘦长的"吹牛大王"长着一绺儿山羊胡子，身穿甲胄，戴着一顶式样怪异的尖帽子，估计是骑士游侠之类的人物。

"吹牛"是否快乐我不敢肯定，但看人家吹牛肯定是快乐的，这本书令我快乐。在以后的日子里，它被时间不断地简化删节，最终它成为一束光，快乐地跳荡，读《堂吉诃德》、读《分成两半的子爵》、读《大师和玛格丽特》时，我觉得似乎都是在重读《吹牛大王历险记》，在这最初的光引导下，我喜欢一切云山雾罩"不着调"的书。

我不知道这本《吹牛大王历险记》在文学史上的地位，我甚至不知它比《堂吉诃德》早还是晚，但它却是我个人的文学史的源头。每个人都有自己的文学史，那是一个秘密的图书馆，其中收藏着我们读过的书，最初的书和最新的书，它们之间有着由时间、际遇、由层层覆雪般的印象和感悟偶然形成的秩序，只是在这个秩序中，文学才真正关乎我们的生命。

现在，我可以比较清晰地说出这本书对我究竟意味着什么，那是一种厚颜无耻的虚构精神，是大胆地用语言创造现实，是一种神奇的魔力：当我们那样说时，事情就将会变成那样。还是一种梦想的可能：无拘无束、天马行空的梦想，让炮弹或其他什么怪东西把我们发射得无限远。

——我认为，这是小说的神髓所在，小说的一个秘密就包藏在那本薄薄的旧书里。

后来，读过什么呢？读过《表》，是一本苏联的儿童小说，译者似乎是曹靖华。接下来可能就是《钢铁是怎样炼成的》。那也是旧书，竖排，纸页发黄，不少人读过了，在他们认为是名言警句的地方用红笔划着杠杠，凡是有红杠的地方我就会多看一遍，暗自赞叹那些话是多么铿锵——我觉得一个人童年时对名言警句的爱好未必是有受教育的热情，名言警句通常都音调铿锵，话说得漂亮，所以好听。

——还有一点可以证明教育一个人，即使是个孩子有多么困难，整本的《钢铁是怎样炼成的》看下来，我最喜欢的人竟是冬妮娅。2000年的3月，有一天我打开电视，忽然看见几个外国人在爬长城，原来《钢铁是怎样炼成的》拍成了电视剧，几个乌克兰演员到了北京。电视剧我不曾看，但在那几个外国人中我一眼就认出了冬妮娅，她果然就是冬妮娅，她很像她。

当然,冬妮娅是个资产阶级小姐,保尔吭哧吭哧修铁路时,她纤纤素手笼在皮护套里,风言风语的,话说得很不正确。即使我是个孩子,我也知道冬妮娅不是个"好人",当然我也拿不准她是不是"坏人"。但不管她是好是坏,这位小姐还有一个特殊情况,就是她很美。她穿着类似海魂衫的上衣,短裙飘动,灵巧地奔跑,闪闪发光的笑声在林间回荡。在1973或1974年的一个中国男孩的心里,这是永难磨灭的印象。

看看,本来是要告诉你"钢铁是怎样炼成的",你却只盯着一个冬妮娅,这是不是有点问题?我想,当我九岁或十岁的时候正在努力要求进步,是红小兵的大队委,思想应该还没出问题。问题在于,一个孩子已经有了美感,当他惊喜地发现美的时候,就顾不上受教育啦。

后来,长大了,读中文系,又成了"文学工作者",我已经知道文学应该教育人,《文学概论》也教给我"真、善、美"什么的,但我总是不好意思就这么言之凿凿地到处去说,因为我还记得多年前那个男孩阅读《钢铁是怎样炼成的》的感受。

70年代的中国出版界有很多妙事,其中一件就是"内部发行"。我至今不知究竟谁属于"内部",谁属于"外部",似乎新华书店是"外部",我所在的那个机关大院的资料室就是"内部"了。在"内部",我读了很多书,大概以苏联小说居多,《多雪的冬天》什么的,都是"供批判用",我当然无从批判,读的时候主要兴趣在修正主义腐朽生活,我想我对私家车、郊外别墅、交谊舞等等事物的最初感知就是由此而来,当然还有黄油鱼子酱之类,看上去应该好吃。除此之外,那些书就都算白看了。

但有一本"内部发行"的书在我的记忆中留下了一道不那么形而下的划痕,那是三岛由纪夫的书,书名却忘了——现在书柜里有三岛的文集，也懒得去核查，我希望忠实于我不怎么好的记忆，对那些表现出惊人记忆力的"回忆录"我总是高度怀疑——好像在编者的前言或后记中特别告诫我们警惕日本军国主义的复活，但在那本书中何处隐藏着这种阴谋和危险我却不记得了，很可能当时就没看出来。我所记得的是书中的一个细节：一个日本人在异国（泰国？）遇到另一个人，后者身上有状如七星的红痣，该日本人由此就认定此人是他一个死去的朋友转世，因为那死者身上也有一模一样的痣。

读这本书时我大概十一岁或者十二岁？尽管已经被外祖母灌输了一大堆因果报应、转世投胎之类的故事，但似乎只是在此时，我才悚然惊觉世界深不可测的神秘。想一想吧，一个人转世为人，这倒不奇怪，问题是他还携带着那个标记，那鲜红的七粒朱砂竟不可思议地穿越了生死。还有一个问题："他"是谁？前一个"他"还是后一个"他"吗？

我想那本书我并未读完，我被它吓住了，世界实在性的帘幕轻轻掀开，向一个孩子敞露了一条缝隙。

还有老高尔基，他的《童年》《我的大学》《在人间》，以及《母亲》《克里姆·萨姆金的一生》，前三本令人沉迷，后边两本令人非常失望。后来文学史的老师告诉我，《母亲》是好的，而写《克里姆·萨姆金的一生》时，高尔基思想上似乎有了什么问题，但令一个十多岁的孩子感到失望的是，那种孤独的、桀骜不驯的派头没有了、消失了。

我想，70年代的高尔基至少对我来说就相当于后来的塞林格，我在小学和中学期间唯一的一次逃学很大程度上是受了他的激励，那时的那个孩子心中充满了自我怜悯：我是多么不幸，我将浪迹天涯，永不回头，在这个世界上我是孤独的，意识到这一点让人又辛酸又骄傲，《童年》《我的大学》《在人间》里所有的磨难都等待着我，我在心中把每种磨难都津津有味地反复重温,挨饿受冻,干重活,被人打,这么想着,有微微战栗的快感。

当然我终于没有做成英雄,在一个算是不良少年的同学家里混了三天,然后就灰溜溜地回去做乖孩子了。而且事情明摆着,那锥心刺骨的"不幸"基本上是编出来的,高尔基为我提供了底本。

但发生在70年代的这场小小的"革命"对我来说仍有重要意义,某些基本的生命体验由此转化为观念形态,比如世界之广大,当然我早就知道世界很大,但似乎到了此时,我才意识到苍茫世界中有一个"我",人会因此孤独,孤独是如此脆弱而坚硬,人在孤独中成为英雄,而英雄体验中包含着一种受虐和献身的狂喜,似乎受虐和献身就是对这个广大世界最有力的反抗和报复。

——我估计我是全面地误读了高尔基,有什么办法呢,误读每日每时,在每一双阅读着的眼睛下发生。

还有什么呢?有巴尔扎克,他的《高老头》《欧也妮·葛朗台》使我知道什么是"性格";有司汤达,我记得偷偷地从母亲的枕头底下翻出《红与黑》,又在母亲下班前原样放好,那个十多岁的孩子似乎从这本书里既没有得到教益也没有受到什么腐蚀,只是初次体会了鬼鬼祟祟读禁书的乐趣。

——再后来,就很多很多了。

我喜欢的岛屿

威尔基·柯林斯是我最早知道的英国人。上世纪70年代初,我读了他的《月亮宝石》,印度王冠上的宝石带着诅咒流落于英国,谁拥有了宝石,谁将遭遇灾祸。故事的具体情节我记不清了,但我记得那三个缠头的印度人,他们好像吹着笛子,好像还玩着蛇,他们是宝石的守护者,是命运的使者,他们追随宝石,直到天边。

现在我会告诉你,这个故事是殖民心理的例证:他们对"东方"的占有欲,对"东方"的恐惧,以及潜意识中的罪孽感。但二十几年前,在"月亮宝石"中我只看到了"英国",那遥远、神秘的岛屿。

后来,一个人长大了,上中学、上大学、工作,经历80年代和90年代。像同时代的中国读书人一样,我也在欧亚大陆上从东到西地漫游:阿赫玛托娃和帕斯捷尔纳克苍茫的莫斯科,托尔斯泰和陀思妥耶夫斯基宏伟的彼得堡;布拉格弯曲纵横的街巷,卡夫卡和昆德拉像鼹鼠一样溜过去;还有柏林、维也纳,那是尼采、海德格尔、维特根斯坦和弗洛伊德的城市;当然条条大路通巴黎,穿着睡衣的卢梭、矮小的萨特、秃头的福科、精疲力尽的罗布－格里耶和玛格丽特·杜拉斯……一大群法国人等待着我们。

通往西方的路有两条，一条陆上，一条海上。由于某种神秘的原因，从唐三藏开始，我们就本能地选择陆路，当代中国读书人的求知之旅通常都是搭乘北京至莫斯科的国际列车。但还有另一种可能，就是从海上西去，搭一艘19世纪的船，最终在海平面上看见岛屿浮起，海浪拍打荒凉的礁石。

——那是不列颠群岛。从地图上看，它像欧亚大陆挂在胸脯上的一枚坠饰，几百年来，它一直犹豫不定：是归入大陆的怀抱，还是转过身去，独自漂向茫茫的海洋？它骄傲、世故、顽强，它眺望大陆上的风起云涌、楼起楼塌，骨子里是不动心的，就像一张绅士的脸，心藏在灰色的眼睛后面。

我喜欢英国，喜欢福尔摩斯，他的瘦脸、他的黑披风，他冰冷、坚韧的理性；还有狄更斯，我认为他比巴尔扎克至少高明1.5倍，他笔下雾气沉沉的伦敦是人类想象的奇观；还有罗素，又老又无耻的罗素，他镇定自若地解说这个世界；还有披头士，穿学生制服的天使般的摇滚，我觉得他们和王尔德一样疯狂却又优雅。我甚至喜欢黑方、红方，它比较重，还有Burberry的雨衣和格子围巾，那是自然、考究的趣味，相比之下，巴黎的时装像马戏团的行头。当然，我还喜欢费雯丽、戴安娜……

对我来说，这个岛屿是一种银灰色的精神现象，低调、华贵、坚硬牢靠。英国人培育和发展了经验主义的思想传统，他们相信，理性解决不了的事发疯更解决不了，这种传统下的哲学家通常"不好看"，他们保守、冷静、负责任，不直奔"终极"，不把哲学、历史想象成诗，你不能设想在英国会有海德格尔或卢梭，就像不能设想英国人会把一切砸烂从头再来。

英国的文学也有同样的气质。我读过格雷厄姆·格林的所有中译本，我奇怪为什么中国作家很少提到它，我认为他是现代最伟大的小说家之一，他的尺度感、他对人性的精细观察、他内在的深厚和艺术姿态的平衡都是中国小说家所缺乏的。

但格林下盘太稳，太讲内功，他在中国遭到冷遇也许是因为他不像英吉利海峡对面的同行们那样凌空蹈虚、花拳绣腿，他大概从来就没想过怎么破坏小说，他只愿把小说写好。

——所以，中国当代的读书人不喜欢英国。

但我喜欢。如果让我讲道理，我希望我是罗素，假设我写小说，我希望我是格林。我愿意想象：很早以前我已经坐上船，向着那个岛屿出发，威尔基·柯林斯，这个19世纪的三流小说家、这个阴郁的老家伙就是我的船长。

修道院中的"魔鬼"

对出版社来说，出版《修道院纪事》大概曾是一桩很郁闷的生意。萨拉玛戈这部长篇小说的中译本1996年8月发行第一版，印数一万册，直到1998年11月，这些书才大批出现在书店里，此时的萨拉玛戈已经获得诺贝尔文学奖，据瑞典皇家学院的授奖辞：

> 若泽·萨拉玛戈的充满丰富想象力、同情心和反讽的譬喻，不断推促我们再次体会难以捉摸的事实。他的智慧和敏锐的洞察力相辅相成……

看起来事情是这样的，那一万册《修道院纪事》两年来大部分没卖出去，它们积压在仓库里，直到某一天，《新闻联播》传来好消息……说这件事不是为了发感慨，做事后诸葛亮不是显示一个人的智慧的恰当方式，我无意指责我们的读者不识货，谁知道萨拉玛戈呀，反正我不知道，如果他没有获得诺贝尔奖，我肯定不会买一本《修道院纪事》。

但有一个问题值得追问：我们为什么不知道萨拉玛戈——这个葡萄牙作家？对了，原因就在这里：他是一个葡萄牙作家。

对于葡萄牙文学，我所知甚少，多年前曾买过一本中葡文对照的卡蒙斯诗集，因为其中有精美的插图。但诗集的名字现在却记不起来——书早就丢了，当初也并不曾读。最近看《葡萄牙人在华见闻录》，才知道这位大诗人曾与中国有一段渊源。1553 年，卡蒙斯因在街头斗殴中杀死一名军官被流放印度，此后浪迹东方十余年，1558 年起居留澳门，担任"失踪和死亡者财产管理人"，其间写下长诗《卢济塔尼亚人之歌》，是为葡语文学的经典。1831 年，后来做过英国驻华公使的东印度公司大班德庇时写过一首题为《在贾梅士的石洞》的诗，见于龙思泰的《早期澳门史》：

> 这一片小丛林清幽寂静，令人陶醉，
> 直射的阳光照映着，透过树叶的浓荫。
> 曾有一位葡萄牙诗人迸发出灵感，
> 天赋才华写就了优美的古典诗篇。
>
> 昔日的半身大理石像点缀着岩缝石隙，
> 命运多舛的诗人，如此备受热爱和磨难。
> 据说贾梅士从这个石洞的微弱光线中，
> 寻得安宁来写下他不朽的史诗。

贾梅士即卡蒙斯，他在幽暗的石洞中写作，这情景有一种史诗式的传奇情调，但可行性令人怀疑。实际上，卡蒙斯在澳门并非穴居，他住着一幢洋房，有大花园，附近才是那个石洞。二百多年后的 1794

年1月15日，这幢房子已是英国东印度公司的产业，它迎来了另一位住客：刚刚结束对大清帝国的访问的马戛尔尼，这位备受挫折的英国使臣一腔郁闷，暗自酝酿着1840年的炮火硝烟。

——中国人很久之后才知道马戛尔尼在想什么，也不知道澳门曾有一位葡人"诗圣"。这并不奇怪，当卡蒙斯在中国的土地上写作时，他肯定也不曾想过，那些黄肤黑睛的东方人有朝一日会读他的诗。在时空的这个点上，在这幢房子中，世界是多重的，劈面相逢的人们各自生活在自己的世界里。

那么，现在呢？据说现在是全球化的时代，一种普世文化将把我们融为一体，"地球只有一个"，是不是世界也只剩一个了？对卡蒙斯的后辈萨拉玛戈来说，对我这样一个中国的专业读者来说，事情都不那么简单。没有诺贝尔奖，我不会知道萨拉玛戈，现在我知道萨拉玛戈了，但他是否就进入了我的世界？

我的世界，或者说我的文学世界是一座万神殿，其中有莎士比亚、托尔斯泰、陀思妥耶夫斯基、福楼拜、卡夫卡、福克纳、博尔赫斯、纳博科夫、三岛由纪夫等等等等——皆为"夷人"，为免数典忘祖，我会加上李白、杜甫、王维、苏轼等人，当然还有曹雪芹、鲁迅，愿他们的灵魂在此安息。

这个世界是百余年间建构起来的，是一部翻译史和一部接受史的结果，不过我可不好意思说此事只关文学，不涉烟火，谁都看得出来这是个政治性的世界，百余年间国际政治的势消势长、合纵连横，决定了中国这个后发展国家的文学图景。所以说句不恭敬的话，大英帝国不仅有女王、纺织机、海军和鸦片，还有莎士比亚，这位伟大戏剧家是殖民体系的一部分。就像安理会常任理事国的席位分布一样，我们心中的世界文学也首先是英美文学、俄苏文学和法国文学，当然还有德语文学和日本文学。

按说我们是穷人，我们与一切被压迫、被剥削民族会发生天然的共鸣，新文学运动中，鲁迅等人曾致力于译介弱国、穷国、小国的文学，这表明，当中国文学进入"现代"，我们不得不在世界背景下建构我们的传统、确定我们的认同时，曾经歧路彷徨，有过各种各样的思路和取向。但鲁迅等人当初推举的作家大多没有被我们记住，这其中的原因极复杂，倒不一定是那些作品不好，我们的记忆并非一个公正的文学院，所有作品在这里经受达尔文式的优胜劣汰，恰恰相反，那些对我们自我形象的形成起了至关重要的作用的"他者"优先、充分地进入记忆并留在记忆中。对1840年之后的中国历史的叙述可以根本忽略土耳其、埃及、波兰或者希腊，但不能忽略那些把中国推入持久的现代性焦虑的国家，我们的确看到了世界，但我们眼里的世界并不像它本来那么大、那么丰富，它是一个简单的体系，这一方是中国，那一方是英国、美国、法国、德国、日本，关关雎鸠，在河之洲。

所以，我不敢担保萨拉玛戈会在我的，或我们的文学世界中获得一个持久的地位，即使有诺贝尔奖担保也未必行，比如现在谁会想起尼日利亚的索因卡、埃及的马哈福兹、南非的戈迪默、波兰的博申斯卡娅？看起来事情是这样的：尽管身处西方的东方，是第三世界国家，但我们具有远比瑞典文学院更锐利的势利眼——当然，我们看到了昆德拉、看到了马尔克斯，但那是因为从他们身上我们看到了梦想中的自己：不是黑人、不是女人、不是伊斯兰教徒，由第三世界凯旋式地进入第一世界的殿堂。

但还是看看萨拉玛戈吧，尽管葡萄牙远在那个伟大欧洲偏僻的边缘——

《修道院纪事》由范维信翻译，是否"信"不敢说，我又不懂葡文，"达"和"雅"是肯定的。在我的想象中，萨拉玛戈的原文就应该是这样,神游天地,清明硬朗,那位全能的叙述者能写很好的白话文,在操持汉语的中国当代作家中,有此造诣的也真是不多。

当然这不是什么新发现,王小波就曾经表达过对诸如王道乾这样的翻译家在语言上的倾慕,他们隐藏在译本背后,不断向我们展示现代汉语能够多么精确、文雅、庄严、深微。——"文雅"是个刺眼的词,如果我写了一篇小说,你看过之后对我说:语言很文雅。我就不知道你是夸我还是骂我。现代汉语的趣味重心从来不是文雅,是尖刻、愤怒、铺张扬厉或者嬉皮笑脸等等,但肯定不是文雅。我也想举几个文雅的例子,比如周作人、比如张爱玲,比如张爱玲那个薄幸得深情的爱人胡兰成写的《今生今世》,但偏偏这些人都有各种各样不体面的历史问题。胸中不正则眸子眊焉,在现代汉语中,似乎是胸中不正则笔头文雅,这其中的关节说起来夹缠得很,暂且按下,另表一枝,那就是翻译家们的"文雅"。

文学翻译是一种奇妙的经验,你用自己的文字把一部过去的、一个人用另一种文字写下的作品重写一遍,这时你是另一个"这个人"。博尔赫斯曾谈到《鲁拜集》的作者欧玛尔和英译者菲茨杰拉德,他猜测:

或许欧玛尔的灵魂于1857年在菲茨杰尔拉德的灵魂中落了户。

所以,对于身处本世纪颠簸险恶的历史风浪之中的许多知识分子来说,翻译是一种幸福,它本身就具备意义,这种意义不必经过检查和认可。当然这部作品可能是"供批判用",但至少,你可以通过对另外"这个人"的忠诚维持对自己的忠诚。因此,翻译曾经意味着"生活在别处"的可能性。

在语言上,翻译家同样"生活在别处",这个"别处"有强硬的纪律，它要求克制、谨慎，竭尽全力表达另外一种声音，你的语言因而与日常语言保持着距离，你甚至会尽力避免日常语言的侵入，因为它携带着"此时此地"，它将搅扰来自过去、来自异域的声音，而你必须让这种声音在你自己的声音中从容流淌。在这个过程中，现代汉语在书面上——由书面到书面——被考验、被创造。

如果你把文雅视为在深厚的文化背景中对纪律和规范的自由的遵从，视为从心所欲不逾矩，视为带着镣铐的曼妙舞蹈，那么这种文雅的语言就在那些优秀的翻译作品中，它们是现代汉语的另一副面目。

经常有人指责现在的小说语言不好是受了翻译的影响，的确，恶译、滥译滔滔者天下皆是，坏的小说、坏的语言也天下皆是，大概到22世纪仍然如此，你硬说这之间有什么关系，也永远说得通，但千万别一回头碰上你们家大人，老爷子断喝一声：怎么就不知道学好！

因为好的翻译、翻译作品中好的语言是有的，比如《修道院纪事》。

萨拉玛戈在接受记者采访时说过："你要知道，我有个越来越坚定的想法，那就是我们全都是些可怜的魔鬼，全都是。"

"我们都是可怜的魔鬼"，这句话曾被一篇介绍萨拉玛戈的短文用作题目，可见它很对作者的胃口，当然也合了我们这些比较专业的文学读者的胃口，萨拉玛戈这么说了，我们会觉得他很深刻。

但是，"魔鬼"在萨拉玛戈的语境中意思极为复杂，可不是《西游记》里的牛鬼蛇神，他可能是欲望、是现世的欢乐，可能是理性、是现代性，可能是一个革命者。所以当萨拉玛戈说"我们都是可怜的魔鬼"，我很想知道它的上下文，否则就不可能了解萨拉玛戈究竟想说什么。

——至少在《修道院纪事》中，萨拉玛戈是在用一种庄严的声音说："我们人民……"

当然，在中世纪末期的天主教语境中，"我们人民"就是"可怜的魔鬼"；而且，当小说中的人们梦想着飞起来，终于飞起来，但最后又落回地面时，主体和理性的力量与限度呈露无遗，这是一部"现代性"的神话，人宣告上帝死亡，魔鬼胜利了，但魔鬼在胜利的同时发现了自己的可怜。《修道院纪事》是复杂的，有多种解读的可能性在我们面前展开，但在我听来，"我们人民……"这个声音浩大、悠长，它超越了嘈杂，在文本中回荡。

尽管我们曾经无数遍地念诵：人民，只有人民，才是创造历史的动力。但实际上，在我们的历史视野中很少看得见人民。我们知道，人民与那些具有强烈表面效果的历史戏剧之间应该是有联系的，但问题是这种联系究竟何在？法国年鉴学派认为，在长时段上观察，千百万人的生活和劳作、他们的日常性活动远较个别的、具体的历史事件更具本质意义，正是他们从过去塑造了现在。比如对中国历史来说，一艘商船上的无名商人把玉米、番薯的种子带入中国，无数农民在漫长的时间里把它们撒遍大地，相形之下任何帝王将相、才子佳人都显得卑微，因为它所带动的生存条件的变化、人口数量的增长构成了中国历史演进的基本力量。

所以，我喜欢读布罗代尔的一切书——《菲利普二世时代的地中海和地中海世界》《15至18世纪的物质文明、经济和资本主义》《法兰西的特性》，在这些书中，人民以及人民的生活不再是空洞的，他们被呈现出来，而且获得了雄辩的意义。这使我们有了一个稳固的立场，在这个立场上，可以质疑一切关于我们的历史和生活的戏剧性叙事。

萨拉玛戈是否喜欢布罗代尔我不知道，但他在小说中做了同样的事，在《修道院纪事》中，三个主人公隐于人群，隐于时代，他们是无法被历史叙事识别出来的"人民"的成员，但他们的梦想和痛苦，他们从人群中采集起来的意志却消解了君王、教会的神圣权力。故事的时间是在18世纪，我们知道，当时和未来的时代都肯定不属于君王和教会，但即使是布罗代尔也不能让那些伟大的无名者发出声音，这只有小说能做到。

——接着，我们可以再谈谈"文雅"。本文的题目是《修道院中的"魔鬼"》，我喜欢这个题目，因为对这篇文章来说，这个题目至少包含了三种意思：首先，它是指萨拉玛戈的小说，中世纪的欧洲即是修道院，但魔鬼埋伏其中，梦想着倾覆这个世界；其次，它也是对昔日中国许多翻译家境遇的隐喻，在历史的风涛中潜心译事，他们正如"修道院中的'魔鬼'"；最后，就谈到了"文雅"，如果你把最文雅的语言视为一座修道院，那么修士们进入这里正是为了驯服心中的魔鬼，把它甜蜜、邪恶的声音冷却为语言的砖石。

颜色的名字

　　张爱玲的小说里,一个女人的名字叫流苏——Liusu,一种曼妙优雅的声音,你要放轻了唇齿,不然会吹破红烛高烧的梦境。这也许真是一个破灭的旧梦了,今天的人有多少还记得或知道流苏这个词语的本义?再过多少年,"流苏"可能只是《倾城之恋》的流苏了,一个女人的名字。这个女人至少保存了这个词语的情调和气韵,仿佛人去楼空时分,阴凉的阳光在提着青花的地毯上浮游,红木大床上,柔滑如水的锦帐曳出床外,长长的流苏似动,非动。

　　流苏,据《现代汉语词典》,是"装在车马、楼台、帐幕、锦旗等上面的穗状饰物"。其实,在现代,这种饰物更多地出现在钱币上,舞台幕布上,仪仗队的旗帜鼓号上,我们把它叫作——穗子。于是我的感慨就未免多事,这饰物仍在,只是名字不叫流苏。但叫穗子或叫流苏是有所不同的,正如一个叫流苏的女人如果名叫喜凤就会有一个完全不同的故事。总有什么无声无息地流失了。

　　张爱玲的名字,她自己说,是俗不可耐。这个名字已是文学史的一个传奇，伤感动人又有点俗气，一个女人历尽炎凉终于被从寒窑中认领回来成了巍峨垂拱的太后。她的散文集以"流言"为题，乃是引用一句英诗："Written on water"（水上写的字），"是说它不持久，而又希望它像谣言传得一样快。"在五十多年后这个多雨的夏季，北京所有的书摊上都摆着《张爱玲散文全编》。流言不仅持久，而且如谣言般传得快了。在晚年，张爱玲为《海上花列传》攻城略地，常有孤臣无力可回天的寂寞，如今她自己成了拍卖场上抢手的古董，应该不寂寞了吧？

张爱玲的姑姑对张爱玲下过四字考语，叫作"一身俗骨"。她也确实俗得入骨，俗人的小心眼儿小算计，俗人的嘀嘀咕咕鸡毛蒜皮，张爱玲样样都有。她不可救药地欣赏生活的烟火滋味。路见不平她也会不平，但终究按下不平继续走路，也不会因此内疚。只有中国人这样古老的民族才能进化出张爱玲这一具俗骨，才能使庸常的生活成为圆润的艺术，如数千年驯养出来的猫，一举一动皆具无目的之目的性，随心所欲而不逾矩。

但当今之世，做俗人大不易。高分贝噪音中的耳语，到万籁俱寂之时就成了狂吠。书摊上包围着张爱玲的是《商场骗术大全》《厚黑学》《拍马术》……以及几本据说赶得上《红楼梦》的巨著，一派张牙舞爪直奔主题，白刀子进红刀子出的俗。像张爱玲站在书摊前，"装出不相干的样子：'销路还好吗？——太贵了，这么贵，真还有人买吗？'"如此婉转闪缩煞费周章的小做作，不是太不俗了吗？

她的《散文全编》销路应该是好的，我也买了一册。本来并不想买，倒不是因为"太贵了"，一本七块二，不够二斤肉钱。不想买是出于一种小家子心理，总觉得满街叫卖的货色多半是憋着骗人。就算是一个新石器的粗陶罐子，也未必因为埋了多少年就成了艺术瑰宝。林语堂的大作，几本子买回来，读之闷损，不是好中文，我猜也不是好英文。但《张爱玲散文全编》却还是买了,因为不得不买。

三伏天里,去承德开会。这句话翻成英文,也仍是夏天里,去承德开会。保全了字面,话的里子却丢了。话语的传播本是流言,但流言之流也只能在特定的大小圈子里,下眉头上心头,相对作诡秘的一笑,外人其实摸不着头脑,这可为流言再进一解。话兜回来,仍说去承德。临行时带了一本丹尼尔·贝尔的《资本主义文化矛盾》,按说这种书不适合车上读马上读,但因为已读了一半,而近来奉行曾文正公之"专"字诀,"此一集未读完,断断不换他集"。于是便带上了。但曾文正岂是轻易学得像?在喝酒聊天游园子逛庙之余读《资本主义文化矛盾》,如读《金刚经》而红袖添香,总有一头儿心情收拾不起。同室的朋友带了本《张爱玲散文全编》,正好抄过来醉眼蒙眬地看下去。又由于向无"书德",看得随便,没过几天,编为之欲绝,终不好意思就这样还回去。这一本只好自己留下,回京另买一本还他。于是,就买了《张爱玲散文全编》。

却说那日,和一位朋友在电话里聊天,说起买了什么书,原来电话那头也有一本《张爱玲散文全编》。张爱玲的色彩独特微妙,好像是她自己调制的颜色并给出的名字。这么说的时候,她的声音似乎正在品尝这些美丽颜色的滋味。这使我像传播一个阴险的流言一样兴奋,因为我正在写一篇谈张的文章,题目就叫《颜色的名字》。

但这篇文章是从流苏开始的,围魏救赵,圈子兜得太远。实际上我想说的是,由于集体的遗忘,许多词语已从我们的日常生活中剥落下去,它们带走了某种气韵和情调。房子总是可以住人的,但已经破败寒酸,或"树小墙新画不古"了。

那么,就谈颜色吧。张爱玲的女人气时时流露出来,《传奇》《流言》,初版本都极是讲究,颇有晨起凝妆,蛾眉颦蹙,细思量穿什么衣裳配什么鞋的模样。新出的《张爱玲散文全编》,封面上就只有"张爱玲散文全编"七个大字,朴素庄严如作者权威的纪念碑,令人忍不住"就想趴下磕头"。但封面的颜色仍是张爱玲最喜爱的蓝绿色,可见设计者对她的色彩敏感也很是在意。张爱玲自己说:"对于色彩、音符、字眼,我极为敏感,……我学写文章,爱用色彩浓厚,音韵铿锵的字眼,如'珠灰''黄昏''婉妙''Melancholy',因此常犯了堆砌的毛病。直到现在,我仍然爱看《聊斋志异》与俗气的巴黎时装报告,便是为了这种有吸引力的字眼。"

在这段话里,对色彩的敏感和对字眼的敏感其实是一回事。看见珠灰色的时候,你不能把这颜色与珠灰二字剥离开来,也许正是这个名字使它显得静穆华贵。尽管两年多以后张爱玲在《必也正名乎》里嘲讽了一通"字眼儿崇拜",她自己何尝不是早已服膺于"字眼儿"的魔力?

三四十年代的巴黎时装报告我无处去读,借来一本《世界时装之苑》,这是法国 *Elle* 杂志的中文版。随便翻翻,果然开眼。有一页谈如何化妆,题为《粉红色的魅力》,照抄如下:

> 清纯闪光的粉红,美容术中耀眼的色,印象派画家推崇的色。如需延伸加深,可用深粉色,底色可用米粉色或瓷色。腮红则用玫瑰红、杏红色,口红可由浅粉红加深至深红色,眼睑任用深红和粉红色。轻轻勾勒的眉笔为蓝色,双眸内侧用纯粉红色,沿着眼眶勾上深红色,也可用黑色、蓝色、紫丁香色,口红、香粉皆粉红色,定可使你清纯脱俗,娇美无比。五彩缤纷的色彩世界中,你还可试用紫丁香色、灰粉色、波尔多水晶绿色,而珊瑚色、夏季流行的浅黄色,同样令你美艳无敌。

这席话除了把一张"美艳无敌,娇美无比"的脸径直等同于一块处心积虑的调色板外，也让我知道粉红色原来有纯粉、深粉、浅粉、米粉、灰粉诸多的分别，知道瓷色、波尔多水晶绿色、珊瑚色、紫丁香色这些美丽的名字。我想张爱玲也应该喜欢这种字眼儿。但恐怕也仅止于此了。时装杂志分色设辞的功夫确实了得，但我很怀疑一个如此这般地焕发出"粉红色魅力"的女人是否可以如此这般地感受一朵粉红色的桃花。人面桃花在现代人的经验中已经隔得很远，这个词语只是昔日世界完整性的一点残渣。当你要吃点什么时，你知道某某香肠"味道确实不错"；你要穿衣服那么穿某某牌衬衫，女士们将驻足凝眸；听音乐你就当挤满南天的天皇巨星中的一颗或数颗的拥趸。有一次，和一位旅游学院的教师去逛圆明园，他所做的是买一张导游图然后直奔"景点"！你永远不愁找不到感觉，感觉统一配制大批供应，你为什么不潇洒地跟着走？在"实行三包"般"美艳无敌，娇美无比"的保证中，极为巧妙地介绍了另一桩生意：你将把你自己与某个"大众美人"相比拟。经过这阴险的法术，世界和一切字眼都被祛除了魔力，无能为力地瘫伏在地，因为把它们凝为一体的人已是一堆感觉的碎片。

然而张爱玲仍坐在上海滩上的公寓楼里，听着不听就睡不着觉的电车声，随手乱翻"俗气的巴黎时装报告"。偶尔，一个美丽的字眼儿跳入眼底，她便好整以暇地抚摸它，品尝它，像普鲁斯特的当松维尔或盖尔芒特城堡，把整个世界都灌注到这个字眼中去。这时，十里洋场的熏风吹动着时装报告的书页，哗哗地响着，在它旁边放着《聊斋志异》《红楼梦》和《海上花列传》。

张爱玲喜欢都市，在香港和上海，她都活得有滋有味。在她那个时代，张爱玲也许是最能体会都市生活之趣味的作家。但她的书用蓝绿色的封面，是希望"在报摊子上开一扇夜蓝的小窗户，人们可以在窗口看月亮、看热闹"。张爱玲坐在楼头看热闹时，她的视野笼罩着古东方的月光，她写道："现代的中国人往往说以前的人不懂得配颜色。

古人的对照不是绝对的,而是参差的对照。譬如说:宝蓝配苹果绿,松花色配大红,葱绿配桃红。我们已经忘记了以前所知道的。"张爱玲最喜欢的《红楼梦》中,《史太君两宴大观园》一回正可作此话的注脚。贾母到了潇湘馆,"因见窗上纱的颜色旧了,便和王夫人说道:'这个纱新糊上好看,过了后来就不翠了。这个院子里头又没有个桃杏树,这竹子已是绿的,再拿这绿纱糊上反不配。'"于是便命凤姐拿出软烟罗换了。这软烟罗"只有四种颜色,一样雨过天青,一样秋香色,一样松绿的,一样就是银红的,若是做了帐子,糊了窗屉,远远地看着,就似烟雾一样"。宝蓝、松花、秋香、松绿、银红,这些字眼像废弃的枯井一样湮没在斜阳荒草之中了。也许正由于被遗忘它们才在我的眼里重新显得鲜嫩美妙。日常生活是词语的慢性毒药,很可能它们曾经像年深日久的拷贝一样漫漶不清,当这些词语被遗忘时,人们感到更"真实"地看见了它们的世界。世界变了,但当宝蓝不再叫宝蓝的时候,真正改变的是人与世界的关系。五十年前,张爱玲感叹于我们已经忘记了以前所知道的,这岂止是如何配色?她是与贾母、与伟大深厚的贵族传统一脉相传的。她的色彩如珠灰色软缎上白丝挑绣的繁花,富丽而又静谧,绝不会令人刺目令人不安。她用数千年来在庭院深处,琉璃瓦下,一炉香前涵养出的一团和谐去调色敷彩。对张爱玲和她的前辈来说,生命是一种艺术,应该安适地承受和体验,如江南三月烟雨迷蒙时节,你感到这世界对你不是一个挑战,不是一种威胁,你看着他,他看着你,你们会心而笑。

  我们会狂笑、冷笑、傻笑、窃笑、皮笑肉不笑,可是我们很难保持会心而笑的平和姿态。作家们使出浑身解数,把色彩烹调得如公款请客的宴席一样丰盛乖张,红得鲜血淋漓,绿得肥腻欲滴,言语的乱棍劈头打去想让人放亮了招子。我们被生活追得气急败坏,一怒之下,我们顶盔贯甲,奋起反击——我们钻研厚黑学!当夜幕降临,我们返回巢穴,偶尔有一天,我们想看一眼记忆中的月亮,推开窗户,我们看到被大都市的灯海映得灰白的裹尸布般的夜空——月亮在哪里?在刚才提到的那次谈话中,那位朋友向我推荐一本好书:《殉教者圣曼奴埃尔·布埃诺》,西班牙作家米格尔·德·乌纳穆诺的小说集。几年前我读过他的《生命的悲剧意识》。当时看作者简介,知道这位老先生一辈子过得极不如意。他大概属于脾气暴躁激烈的一类人,典型的拉丁血性。生活在二十世纪最初三十年,西班牙的多事之秋,闹哄哄你方唱罢我登场,而他是总而言之谁都看不惯,大概又不止于腹诽,弄得共和政府不疼佛朗哥不爱,就郁闷地死了。现在读他的小说,写得极是出色,但那种惨烈激昂的灵魂搏斗总嫌咄咄逼人,像温文含蓄的中国人碰到热情奔放的西班牙人,一上来就又抱又吻,躲又躲不了不躲不自在。其实,乌纳穆诺的悲剧根子倒不在政治,一个沉溺于存在、上帝、终极意义的现代人注定是痛苦的,他不能信又不能不信,如果硬钻牛角尖,他在世俗生活中就没法过得舒坦。

　　但张爱玲的书你是可以平心静气地看下去的,她从不呼天抢地,咄咄逼人。对自己,对她的人物,对读者,她一向温和宽容。话语之中的张爱玲很好相处。因为张爱玲有一具精致的俗骨,精神生活与世俗生活在她是融洽无碍的。在几千年的岁月里,我们精心测定了一套微妙的尺度,我们曾经本能地知道哪里是欲望与节制、孤独与和谐、虚妄与真实、词语与世界、生活之庸常琐屑与生命之鲜嫩清新的汇合之处。不会成心跟自己过不去,也不会把自己娇纵得不成体统。我们画不出梵高那样狂躁的高天烈日,而是在似晴欲雨的天气里看毫无夸张的色彩暗暗地流转变幻,让这世界的本色融入心灵。每一种颜色就有了一个山水清芬的名字,把我们带入悠久传统的视野,带入安详平和的心境。我们不是不知道存在是一种疑问,但我们宁愿临流濯足,感受生命平实的流动,做一个安适自在的俗人。

但张爱玲知道，她自己可能是这种古典俗人的最后一代了，她听到历史的脚步如渔阳鼙鼓动地而来，她是有些惨伤，但仍是有节制的惨伤。世代簪缨之族其实比暴起暴落之辈更能顺受人生的无常，如清季的八旗贵胄，只是空对着刚办了抵押贷款的荒凉宅院，喝一杯残酒，唱一声"杨延辉，坐宫院……"，万般无奈索性放开。张爱玲也不过是说，如此这般的颜色终被雨打风吹去，这就是岁月和人生。

当我要结束这篇因为无从对证而写得肆无忌惮的流言时，也就不必再在《张爱玲散文全编》中寻章摘句，我把这本书插入书柜，书前斜倚着一柄檀香扇子，扇柄上缀着浅粉色的流苏，任何一个民航班机的乘客都可能得到一柄这样的扇子。我想，张爱玲仍然是寂寞的，像一条封闭在琥珀中的远古的鱼那么寂寞。

印在水上、灰上、石头上

——关于"真实"

《客座偶谈》：

闻咸同之际，军务紧急，朝廷日盼军报。遇有胜仗，即用红旗报捷，飞折八百里驿递。所谓八百里者，真八百里也。驿站遇军务时，每站必秣马以待，一闻铃声，即背鞍上马接递。其忙急至于如此。然奏报中所叙战情，委曲详尽，一若好整以暇者。按之事势，种种可疑。后查知其幕府言，此等奏稿，皆于未战之前，先行拟定；一得胜仗，即行发折，驰陈其当日如何冲锋，如何陷阵，贼从何地来，我从何地追，杀贼若干，获战利品若干，皆由幕府以意为之。将来如有事实太悖谬处，只于奏报详细情形时，设法补救，亦不必显为更正也。然后来所撰，平定某地某匪方略，皆根据当日奏折原文，酌量删削，不能自赞一辞。今之战事如此，古之战事何莫不然。读史者不可不知。

——《客座偶谈》的作者何刚德，晚清同光之际任职吏部，他是军机大臣宝均的门生，于"宝中堂"府上走动甚勤，腿勤、嘴快、好事，我估计也是个传播"政治谣言"的喇叭。笔记一体，本是"谣言汇编"，到清末民初，王纲解纽，世道凌夷，大家伙儿造谣更无顾忌。相比之下，何氏尚余一点"老吏"习气，就算造谣也不致全无根底。

张爱玲谈"流言"，引了一句英诗："Written on water"（水上写的字），"是说它不持久，而又希望它像谣言传得一样快。"——有多快呢？如水流，如潮动，其实还是不太快的。在前工业时代，蒸汽机尚未发明，谣言传播的最快速度是一日一夜八百里，平均时速 16.67 公里。

——据何刚德说，这正是我军战报从遥远前线抵达朝廷的速度。该速度在 19 世纪中后期不免为洋人所笑，但是在此之前的上千年，咱们一直领先世界。唐宋以后来华观光的外国人说起此事总是叹羡不已：在 China，朝廷上放个屁，天高地远之外很快就能闻到味儿，反之亦然。

但我要谈的不是速度问题，读《客座偶谈》读到《战事奏报不足信》，只见咱们圣明神武先天下之忧而忧的皇上半夜里被"特快专递"喊起，披龙袍，秉孤灯，"忽闻官军收河北，漫卷折子喜欲狂"！而我就比较纳闷，他们是否知道他们手里的折子其实是一篇小说，是"军事题材文学创作"？

对啦，我要谈的是小说问题。据何刚德所说，每到战前，师爷们必先拟妥奏稿，由此推断，这种预制的"新闻"肯定不止一份。如果我早生两百年，有幸加入某大帅的秘书班子，我就会一口气写它六七份，因为战争的结局可能是大胜、中胜、小胜，或者大败、中败、略败，还可能是互有胜负，打个平手，如此算来，至少需要七种写法，我将在纸上虚拟不同的七场战争。也就是说，不管结局如何，战争实际上已经发生了，它就装在我的袖筒里。

想到此，我的尾巴又禁不住要翘啦，谁是战争的指挥者？不是大帅，更不是皇上，在下是也。

是的，我是小说家，对我来说，战争的结局如同人的命运，其实也翻不出很多花样，重要的是，我们如何走向那个命定的结局，这就需要妙笔生花，需要情节、气氛，需要煽情的小闲笔，诸如"关键时刻，某把总奋不顾身……"或者"寡不敌众，某将军望北而拜，挥刀自刎……"云云，所有这一切是为了什么呢？为了让命运通俗易懂地展开，让惊喜、恐惧、绝望和哀愁不再是绝对的、不可理解的，尽管命运这匹马跑向了自己的终点，但通过我的书写，你们将相信，这匹马没有发疯，它已被驯服。

所以，皇上必须看小说，你必须讲故事。我认为皇上们对此是"圣聪烛照"，心知肚明的。电视剧《康熙王朝》中，"与天同在"的太皇太后老祖宗有句名言：天下最不可信的就是奏折这东西。我听了之后，和广大观众一样在心里磕头如捣蒜：教训的是！但窃以为这话后头还得加一句：天下最可信也是奏折。我相信老祖宗的意思也正是如此，否则你就不能理解皇上们为什么总是把大堆奏折捆绑打包，移交史馆，历史学家们据此增删裁剪，编一个更大的、更加不容置疑的故事。

——这完全是一个创作、编辑和阅读过程，战场上那些脑袋滚在地上、肠子见了阳光的人们其实是可有可无的。当然，你会争辩说，那个结局总是确实发生的吧？在虚构的海洋中总会有一块坚硬的石头，它由"真实"的人类活动凝聚而成。

对此我表示怀疑。我认为这种说法极大地低估了人类的创造力也就是无中生有的能力。有一件事显然是可能的：我孤身一人，躲在某个遥远的地方不断书写奏报，虚构一场正在激烈进行的战争，这些折子通过八百里驿递传到皇上手中，当它们在龙书案上堆积如山时，它们就会被重新编纂，流传后世……

——这不可能！好吧好吧，我就知道你会惊叫，你觉得你的某些最珍贵的信念遭了非礼，但其实你手里也没什么证据是吧？"真实"的人类活动在发生的同时就已消逝，累累白骨也化作鲜花、青草和沙砾，如露如电如梦幻泡影，你看到的只是刻在石头上，写在绢帛、羊皮和纸上的模糊不清的字迹，你对"真实"的信念只是表达了你对书写者的祈求、信任和顺从，当然，除此之外，你也没有别的选择。

"写在水上的字"，这在汉语中有一个更准确的对应词——"浮辞"，漂浮在水上的言辞；汉语中还有一个词叫"浮生"，它的意思是，人类的活动，以及作为"真实"的最终证据的人的肉身，都是水之波纹。

1930年，美国《国家地理》杂志的记者约瑟夫·洛克在黄河上游：

> 沿着河流走了一天，我看见有一个喇嘛，他仿佛是在水中嬉戏玩耍。他带着一个大约两英尺长的木板，木板用一根绳子系着。他让木板在水中漂流，漂流一会儿后，他再将木板拉回来。两个小时之后，当我返回来时，他还在那儿，还在玩木板。木板的背面，有五个铜模子，是用佛教的人物形象装饰了的。通过调查，我发现他在印刷佛教的人物形象。他通过这样做来获得一种价值。他就这样耐心地致力于做这件事，一做就是好几个小时。

——佛的形象印在水上，这是绝对的假也是绝对的真，是绝对的空幻和永恒。

《罗马帝国衰亡史》：

> 在整个帝国中，似乎仅仅只有马尔库斯不知道，或不曾注意

到福斯丁娜的反常行为；那类行为，根据历代以来的偏见，都认为是对受伤害的男人的一种侮辱。她的好几个奸夫都被委以高位或肥缺，而且，在他们在一起的30年的生活中，他始终表现得对她无比关怀和信任，而且直到她死后还对她十分尊敬。在他的沉思录中他感谢上帝给了他如此忠贞、如此温柔，在做人处事方面如此纯朴的妻子。唯命是从的元老院，在他的恳切要求下，正式尊她为女神。在她的庙中塑有她的神像，把她和朱诺、维纳斯和色雷斯同等看待；而且明文规定，每到他们结婚的那一天，所有男女青年都一定要到他们的这位忠贞不二的保护神的圣坛前宣誓。

——吉本讲了一个老故事：妻子（或丈夫）有了外遇，丈夫（或妻子）总是最后一个知道。不过，吉本这个故事里的主人公比较特殊：马尔库斯是罗马帝国的皇帝。皇帝无疑是一种稀有人物，皇帝而兼哲人，这更是"珍稀"，马尔库斯正好也是哲人。该哲人的名字在中文中通常译为马可·奥勒留，在他的《沉思录》里，奥勒留皇帝睿智、仁慈、谦卑，一日三省其身，是沉静的斯多噶派信徒。

按照柏拉图关于"理想国"的设计方案，在该国的中心、在万众之上端坐着一位哲人王，他是绝对理念的化身，所有的人都从他身上分享真理的荣耀。这的确是一种完美的构想，我们忍不住要在地面上实现它，为此我们需要哲人王，通常只要有了哲人王，千千万万的草民们自然会合乎"理想"。

那么现在就有了一位：马可·奥勒留。据说在他的统治下，辽阔的帝国繁荣、安宁、老有所养、幼有所依，每个人的心都是舒展的，就像绿叶挂着露珠儿，每一对新婚夫妇都在一尊崭新的大理石偶像前宣誓：我们真诚，我们忠贞，我们将恪守神圣的契约……

但是，我们知道，面前的这尊偶像是个不折不扣的荡妇，我们知道，所有的人都知道，只有皇帝不知道。

这个故事正逐渐接近"皇帝的新衣"，你们正屏住呼吸，等着某个孩子发出那声著名的喊叫。但是，生活不是童话，"理想国"中的生活更非安徒生之流的理想主义者所能想象，在我们那里，即使是拖着鼻涕的孩子也会夸他的老师新衣漂亮。所以，我们的哲人王将永远圣明，万众欢呼，万众景仰。

唯一的问题是：皇帝真的不知道吗？这个问题像毒蛇一样盘踞在我们内心深处，细微的声音如蛇芯颤动：他知道、他知道、他知道……

——是的，我知道。作为一位哲人、一位王者，我，马可·奥勒留，我知道的比你们想象的更多。我知道事情的真相，那就是：福斯丁娜是个婊子。但是我永远不会把它说出来，不说不是因为男人的体面——即使是吉本也不能理解这一点，他错误地描绘了一个受蒙蔽的丈夫，不，不是，之所以不说是因为这是哲人王的责任。

一个哲人王必须保存和守护"真实"。我的心已经像一座盛夏里堆满了臭鱼烂虾的仓库，但是为了我的臣民们的幸福，我必须忍受。

是的，我知道，所有的人心里都在嘀咕："福斯丁娜是个婊子。"他们从我这里秘密分享着"真实"的恶臭，但他们不会说出来，因为我不说。他们一个个都快憋得发疯了，在我的帝国里，每一个垂死的老人都在喘气儿、瞪眼儿，用他仅存的最后一丝力量把卡在嗓子里的那句话强咽回去。正是我的沉默培养了我的臣民们对"真实"秘密的热爱和深沉的敬畏。

你必须敬畏"真实"，你必须在"真实"面前满怀恐惧，你必须知道那是你永远不能说出的具有毁灭性的事物。当这些信念深深地在每个人的心里扎根，那么"盛世"就会来临。实际上，我最忠顺的臣子恰恰是福斯丁娜的那些奸夫们，他们在我面前卑躬屈膝，他们每天临睡时都在祈祷我不会在明天的早朝上说出那句话，他们为此时时对照检查，朝乾夕惕，鞠躬尽瘁，以至于其中的大部分人已经臻于道德上的完善，我正在考虑他们死后在罗马城的广场上为他们树立雕像。

恐惧是幸福的，它有助于道德的完善。但是，正如你们所知，我的帝国并非死气沉沉，恰恰相反，这里灯红酒绿，到处欢歌笑语。这一切都源于那个著名的仪式：新婚夫妇在福斯丁娜面前宣誓。这意味着什么？意味着神圣的契约在订立的同时被庄严地撕毁，或者更准确地说，你在庄严地肯定的同时也在庄严地否定，你忠贞，你不忠贞，你热爱"真实"，你反对"真实"。

这样的双重境界包含着盛大的快乐。我了解我的臣民，当他们立誓"忠贞"时，他们正在准备背叛，他们对"真实"爱得越深，他们就越急切地背弃"真实"；"真实"是冰清玉洁令人屏息仰视的贵妇，而"不真实"是人尽可夫的娼妓，娼妓纵容我们，让我们沉湎于粗俗的快乐。

那么，还有谁比福斯丁娜更完美地体现着这种双重性？她是最高贵的贵妇，她也的确是个婊子，她既是禁忌，也在纵容，既是利刃又是床榻，她激起同时抚慰了人们的恐惧，她维持了秩序又保证了活力，她把人们引向"真实"又制止人们走近"真实"，她就像一幅春宫或一张毛片，既暴露又隔绝，她使人经历安全的快乐，然后心满意足地睡去。

只有我们的"王"是痛苦的，他独自照料我们的美梦和噩梦，他一个人，在黑暗的花园里，沉思。

《沉思录》：

这看来是多么明白啊：没有一种生活条件比你现在碰巧有的条件更适合于哲学。

对生活中发生的事情感到奇怪的人是多么可笑和奇怪啊!

如果这是不对的,不要做它,如果这是不真实的,不要谈它。

因为你要这样努力……

《斯大林秘闻》:

在哥里,裁缝就在街上揽活,衣服尺寸是这样量的:裁缝在地上铺好草木灰,顾客仰面躺在灰上,裁缝骑坐在顾客身上,把他的身形压在灰上。

——这本书的作者是爱德华·拉津斯基。多年前,李洱向我推荐了这本书,现在我记得的只是哥里街头的这一幕。

我认为哥里的裁缝们对"真实"有一种特别质朴的理解,他们抵达"真实"的办法也是切实可行的。当然,我们由此可以推断哥里是个气候温和的城市,如果那里像北京的春天一样多风,裁缝们在草木灰上的印刷工作就会相当麻烦。

所以,结论一:风之吹动会损害"真实";结论二:所谓"真实",就是一个人骑在别人的身上。

哥里是斯大林的家乡,据说,斯大林微时也曾做过裁缝。

收藏者

人问本雅明,他的藏书他读过多少,本雅明答道:"不到三分之一。"接着反问一句:"难道你每天都用你的塞弗勒瓷器吗?"他的意思是说,如果你家里有一件成化五彩鱼藻纹的盖罐,你是不会用来腌泡菜的。

据此,所谓收藏就是收藏无用之物了,但话又说回来,此时没准就有这么个罐子被一位老太太腌了泡菜,直口、无颈、硕腹、圈足、带盖,很合用。直到被哪个眼毒的贩子盯上,这个罐子才开始无用,经过诡秘的流通过程,当它最后在收藏家的紫檀架上安身时,它的功用已被彻底洗去,它就仅仅是一个罐子,一个纯净的"物",如洗过的黑钱一样纯净。

收藏使物变得无用。你收藏书,那么这些书就不便再一页页地读;收藏钱币,那么这钱也就不能再花。古时君王佳丽三千,未必是雄心万丈,大概总有些收藏之癖。

使物无用,这在本雅明处具有重大的意义,将物从实用性中解救出来,收藏就几乎是政治姿态,是对资本主义工具理性的反抗。"西马"

造反,是一种"隐喻"的作乱,你得有点艺术头脑才能理解个中指桑骂槐之意,桑槐有心无心,其实"非所计也"。到六十年代,舍"传教士"而女上位都是翻天覆地的革命行动,后来,人到中年的"革命者"们就穿西装,打领带,当了中产阶级的"雅皮士"了。

说到这里,忽然想起关于罐子的说法恐为老本所笑,"流通过程"云云,正是无用之大用,洗去实用性的罐子成为不断增值的商品,这在本雅明看来是更深刻的"奴役"——每一件藏品都抽象为货币,一个罐子背负着一笔沉重的债务,有朝一日它必须连本带利地偿还给它的收藏者。

放债需要资本,收藏便常常是一种"昂贵的热情",每一个囊中羞涩的收藏者都会饱尝挫折。明人钟惺《书宋板〈世说新语〉》云:"余老于读书,而家不蓄古善本,非唯力不能购,少陵云读书破万卷,一古善本价,可饱贫士数家,吾岂敢破之哉?"然见新安程某所购宋版《世说》,终忍不住眼馋,"爱敬之心,从纸墨生","又闻王弇州宋板《汉书》今亦在新安某家",遂慨乎叹之:"人何可以无力?"

盘来绕去,拿不起放不下,总觉《世说》有知,当起遇人不淑之叹。文言小说中的佳人常为"有力者"所夺,贫士心情,字里行间,自恋而自怜。

对于"无力者"来说,聊堪安慰的是"眼看他起高楼,眼看他楼塌了",这有伤忠厚,但风起云涌而水流云散,本也是世事无常之常。远的且不说,自西洋人的航船把地球画圆了以后,收藏品的聚散流徙直可写上一部《大国的兴衰》。世纪初的新英格兰美国人嚣张地怀旧,娶个英国太太,从破落户手里接收一座英国城堡,由强盗到贵族的洗底麻利而草率。当其时也,古董书画洪流般由旧大陆涌向新大陆,资本已经统治了现在,没有什么能够阻挡它掠夺过去,而它的贪婪远甚于古典式的军事暴力。不列颠就在那时开始日落西山。

1766年，世界第一家拍卖行在伦敦开张，据安·比尔斯说，拍卖商"这种人敲着锤子宣告他用舌头扒了别人的钱包"。此人一辈子受穷，死死捂着干巴瘦的钱包，看谁都像扒手，孰不知拍卖场正是人们比拼谁能从钱包里往外掏更多的钱的地方，这是货币的狂欢，是资本的公平竞赛，"更高、更快、更强"首先是拍卖场的信条，其次才是奥林匹克的口号。

　　在中国，清末民初古玩行业的"窜货场"在狗尾巴胡同的兴隆店，"狗尾巴"大不雅，后来改为高义伯胡同，狗尾一摇便立到庙堂上去了，真是王熙凤的生日——狗尾巴尖儿的好日子。这且按下不表，单说兴隆店，三江四海的古玩商们携着货色来此下宿，珍品重器都在这里批发集散。但是你不会看到张牙舞爪的资本角逐，相反，穿着长袍的商人只是把手伸到对方的袖筒里，用划拳般的小巧指法暗暗地出价过招。他们注视着对方的眼睛，脸上水波不兴，过了一会儿，相视一笑，手分开了，一个端起盖碗呷一口香片，另一个透过窗户看院里三三两两在袖口下拉着手的人们，袖口把输赢掩在阴影里。他站起来，看着他的对手，谦恭地一欠身："您歇着，明儿见。"

　　当然，如果你在袖口里比划了半天却买了西贝货，那是功夫不到家，该打该挨，你只好悄没声儿找张包袱皮把它包起来放在柜子顶上。——中国人的买卖没有那么凌厉的杀气，但内力阴柔，伤人无形，或者更加凶险。

　　有时候，翻翻拍卖目录，总想起一个故事，见于唐代赵璘《因话录》：李寰镇守晋州，其表兄武恭是个古物收藏家。李寰作寿，武恭把一条旧棉袄装在锦匣里送去，声称是李光弼收复长安时所穿。这大概相当于巴顿将军的军服，李寰连忙谢了收下。到武恭的生日，李寰找了顶破帽子送去，正儿八经地说，表哥老盼着得道成仙，送您一顶洪崖先生成仙时戴过的帽子，保不齐能沾点仙气——"众宾僚无不大笑。"

这个故事后来在曹雪芹笔下做了精微的复写——宝玉入了秦可卿的卧房,"向壁上看时,有唐伯虎画的《海棠春睡图》,两边有宋学士秦太虚写的一副对联,……案上设着武则天当日镜室中设的宝镜,一边摆着飞燕立着舞过的金盘,盘内盛着安禄山掷过伤了太真乳的木瓜。上面设着寿昌公主于含章殿下卧的榻,悬的是同昌公主制的联珠帐。"

——某人收藏某物,不是为了"有用"或值钱,也不是因为某物很美,而是要与藏品所指涉的往昔建立某种联系,或者,更准确地说,他为了与往昔发生联系而收藏起往昔的残片。

是的,我如此庄重的表述使武恭或秦氏不像看上去那么可笑,这些收藏者像古代的通灵术士,他们从河流中收起一块卵石,相信这块石头附着着一种魔力,能够召回曾在石上日夜流过的河流,他们通过具体的物与久远的、逝去的时间秘密地神交。

就像在密室里点算他的财富,收藏者们躲在家里,以一种诡秘的心境摩挲着那些旧物。这情景必定是黑白的,黑白是时间的颜色,夜为黑,昼为白。收藏者捧着从时间中残存下来的碎片,似乎自己是乘着这块碎片在浩荡大水中漂流至此,时间于是薄如蝉翼,世界呈现出脆弱颤动着的完整性,把他从被遗弃的荒原上收藏起来。

巴顿将军在那部同名的影片里,不可理喻地确信自己曾是汉尼拔的战将、拿破仑的元帅,他生活在公元前、中世纪,至少是19世纪,他说:"我真恨20世纪!"在根本上,他是一位收藏者,他把自己作为最珍贵的藏品,从他的时代收藏进过去——那个更有血性的冷兵器时代,那时,高贵的武士们在战争中表演他们的勇气和智谋,测量自身的限度而不是机器的限度。自我收藏即是自我放逐——一个人紧紧地抓住过去,与现在保持距离,巴顿将军乘着坦克如骑着战马,自弹自唱,渐行渐远,孤独而骄傲。

于是,这终究有些"可笑"了。西方小说以《堂吉诃德》为开端,这并非偶然，资本主义首要的精神冲动就是切断人与历史的联系，与时代脱节是可笑的，是必须坐卧不安，去看精神医生的。"沉舟侧畔千帆过，病树前头万木春"，你得抖擞起精神，拼着小命冲向一个又一个明天。

在收藏者的窗外，巨大的城市势不可当地旋转：饭店的酒吧里，三十年代风格的招贴画上，身穿旗袍的仕女正卖弄陈旧的媚笑；一幢幢体量巨大的高楼招摇着绿色琉璃瓦的小帽；游乐园里，金碧得陋俗的殿宇供奉着帝王将相的泥塑或蜡像；随着拍卖槌的敲击，每一件古物都被定价和交换。当夜幕降临，千家万户的电视里，宫闱内幕向着千万双窥视的眼睛展开——历史，正以收银机般的欢快节奏进入日常生活，在那里，它成为一种色彩、一个影像、一缕转瞬即逝的感伤情绪，成为都市的男男女女们手中的一杯饮料。

有那么几年，在地安门大街的厂桥路口，每到黄昏时分，总有一位老人对着滚滚的车流人流，苍凉地唱："一马——离了——西凉——界"，没有人注意他，他微微地抬着头，目光越过喧闹的一街人和车，望着内心深处的某个地方，他兀自唱着。

很久没有再走那条大街，不知他是否依然在唱？那种执着、干燥的声音也许是这个城市的大街与往昔唯一真实的联系了。

收藏之"收"从手，《说文》解作"捕、取也"；《礼记·檀弓上》："藏也者，欲人之弗得见也"，是为"藏"之本义——隐入暗影，一团阴柔。"收"有所为，"藏"无所为，化刚融柔，执两用中，就是"收藏"了。

收藏者的问题大抵出在"收"上，"捕、取"如果收不住，极易走上刚猛一路，成了鹰爪功或铁砂掌。秦皇虎视雄哉，尽"收"天下之书、天下之兵，此为"收"字之极致，后人追慕，有力者陷于贪，无力者有"人何可以无力"之叹。

收不住,"藏"便大难,"终朝只恨聚无多",聚到多时又忙着防火防盗,用北京话说,看着"闹得慌",那种静静地守着这方天地,远离尘嚣,悠然优游的境界竟不可得了。

关于"收藏",有一个神话,人们梦想着拥有世上独一无二的宝物,由此成为独一无二的人,他们知道这也是他们的邻居和朋友的梦想,所以在他们的梦想中,最凶猛的怪兽守护着最隐秘的宝库,那怪兽将撕碎和吞噬每一个闯入者;反过来,他们也最放纵地想象着如何杀死怪兽,闯入宝库,攫得那独一无二的宝物。这是一个表达焦虑的神话,——一种自我的焦虑,人们把自我的独特存在、排他性的自我体验投射在那件宝物之上了。

那么,《因话录》和《红楼梦》的故事终究还是可笑的。人本来不必抓着古人遗蜕的破袄旧帽安身立命,好比一介农夫,房前栽菊,屋后植柳,瓦釜陶壶,鸡鸣狗吠,这方天地处处留着自己双手抚摸的痕迹,"三十亩地一头牛,老婆孩子热炕头",一个真正的收藏者所求的也只是这"完整"的感觉,一种个人生活温暖地包裹着你,不离不弃,于是你像个怀乡的逃兵一样隐入这片阴影,在这里,不管你收藏的是奇珍异宝还是旧书旧报、旧家具旧电器,当你使它们"无用"时,或者当你把它们从无用的遗弃中拯救出来时,你的行为呼应着你最内在的冲动:至少在此时,你也是"无用"的,生命在狂奔中蓦然驻足,你躺在地上,喘息初定,安适的感觉如午后的阳光,卸下了铠甲,你成为一位农夫,大地不再是战场,大地成为大地,大地在你的室内,在大地上,自我像一棵树,梦一般自由生长,在树的梦里,没有房梁或桌椅。

农夫们流落到都市,就成了"拾垃圾者",在波德莱尔和本雅明的笔下,他们在城市暗夜和黎明的街巷中,孤独地、醉醺醺地捡拾着城市吞咽、消化之后排泄的废物,他们拒绝遗弃,通过这个姿态,他们也免于被城市吞咽和遗弃。

"遗弃"——这个词一般放在被告和原告之间，对主语是一种谴责，对宾语是一种悲悯。比如男人另有新欢，老婆叫天不应、呼地不灵，这种状态名为"遗弃"。当然，女权主义者会认为这个词纯属男人们的诡计，是男性权力的表征，其险恶用心是让女人们觉得离了臭男人就天塌地陷、活不下去。

被谴责是强者的特权，正如接受悲悯是弱者的标志，"遗弃"这个词隐含着焦虑不安，于是，人们发明了另一个词——"消费"，这个暧昧的词有着欣快、明朗的词性，恰好指称商品拜物教的狂欢，它可以使人毫无提防地沉陷进去。在这场狂欢中，人与世界的联系是即时性的，过去和未来都变为节日的焰火，在遥远的天幕上一闪即逝。一个接一个"震惊"劈面而来，由此物到彼物，物召唤着你、诱惑着你，向你妖娆地"移情"，于是你遗弃此物奔向彼物，遗弃此时之我奔向下一个此时之我，持续的焦虑和亢奋缠绕着、刺激着你——你只有不停地遗弃才能免于被此时遗弃。

在狂欢的街头，在垃圾桶的暗影里，拾垃圾者——这些城市中的收藏者，他们远离人群，酣然入梦——也许终归只能在梦想的隐喻境界中表达他们的生存姿态：

近千年以前，在中国的江南，斜风细雨的黄昏，一位发如霜雪的女人，扶头酒醒，倚遍栏杆：

寻寻觅觅，冷冷清清，凄凄惨惨戚戚，乍暖还寒时候，最难将息。三杯两盏淡酒，怎敌他、晚来风急。雁过也，正伤心，却是旧时相识。

满地黄花堆积。憔悴损，如今有谁堪摘。守着窗儿，独自怎生得黑。梧桐更兼细雨，到黄昏、点点滴滴。这次第，怎一个、愁字了得。

那群神秘的大雁并未经过北方那沉沦的帝京汴梁，它们是从这个女人生命的最深处翩然飞来。这个女人是中国诗人中最著名的收藏家，她在经历了文人梦想中最完美的生活之后，落入了这个梦想的废墟。断鸿声里，黄叶飘零，一切皆委于铁蹄狼烟。于是，她写下了一生中大部分的词章。但对那个梦想，她几无一字提及，这个女人只是用她的余生，把自己塑造成"守望"的雕像，她望着遥远的远方，并不期待什么，但又不能收回目光，因为收回的目光无处安放。困扰着她的，她力图用语言遮蔽和消解的是一种无法言说的空虚，也许在失去了所有藏品之后，她才强烈体验到收藏的真正情境——纤纤素手贴在冰凉的绿锈斑驳的古鼎上，并非为了辨识漫漶的铭文，这只是一个悠闲的姿态，这种悠闲指涉着文人存在的全部意义——一种祭司般庄严的"无所事事"，一种与时间、与往昔的神秘联系。其时正值中国历史上一再重临的末世，许多诗人成为了壮怀激烈的战士，"醉里挑灯看剑，梦回吹角连营"，豪语或大话如野草疯长。只有这个女人，她不知道她所守望的是否依然存在，她只能看见废墟上盘旋的鸟儿，万种闲愁便溢出了一个"愁"字。

巨大的鸟和鱼

有史以来最大的一条鱼出于古埃及,据说古埃及的大地就在这条鱼的背上。由此,我们可以断定:这条鱼很大,大如大地。古埃及人很幸运,他们经常看到某些奇异、壮观的景象。比如,每天晚上,一只银白的鹅都在孵育一枚巨大的卵。你可以把这幅景象想象为月亮守护着地球,而古埃及人与你不谋而合,他们正是把那只白鹅比作月亮,只是他们一直无法预测那枚大卵中将有什么破壳而出。

或许他们猜到了,只是这个预言未能流传至今。众所周知,上古之人沉默寡言,他们的话句句是真理,而他们很奇怪地认为真理一旦形诸文字就会像案板上的鱼一样失去魔力和生命,他们宁可让言语在风中飘散,他们相信风能够更好地保存言语的精神——很可惜,风也会把某些重要的情节吹得无影无踪,比如关于大卵的预言,还有,那条鱼的去向。

曾经承载着古埃及大地的那条鱼后来不知去向,古埃及文献中对此没有留下只言片语。但是,我猜测,那条鱼也许游向了北方的大海,很可能是沿公元15世纪达·伽马开辟的航线逆行，由印度洋过好望角，经南大西洋，继续向北，过北大西洋，进入北冰洋。

事实上，北方的大海中确曾出现过一条巨大的鱼，中国古代一位名为庄周而人称庄子的哲人就此做过简略的记载，他写道：

> 北冥有鱼，其名为鲲。鲲之大，不知其几千里也。

这是后人编纂的名为《庄子》的书中的第一句，我所用的版本是中华书局1982年版的《庄子集释》。百年以前，一位名叫郭庆藩的人撰写了这部书，后来，一位名叫王孝鱼的人又做了校勘、标点，因此，书的扉页上写着：〔清〕郭庆藩撰　王孝鱼点校。

当然，根据中国人大常委会颁布的《著作权法》，此书的扉页上应该写作：庄周等著　郭庆藩集释　王孝鱼点校。但这其实是一部由引文构成的书，许多人在这个场所讨论和阐发《庄子》，《庄子》的原文又是众人口中的引文，在如此一引再引之后，庄子显然失去了《庄子集释》的著作权，我们宁可把这个权利授予最终的"引者"——他有点像主持清谈节目的电视明星。郭庆藩完成《庄子集释》后，按照当时和现在的惯例，请了一位名人作序，他请的是他的湖南同乡王先谦。作为一代朴学大师的先谦先生，显然没有读他所序的著作，所以除了两句关于此书的市场预测之外，他基本上是在抒发自己的感慨，他说：

> 子贡为挈水之槔，而汉阴丈人笑之。今人机械机事，倍于槔者相万也。使庄子见之，奈何？蛮触氏争地于蜗角，伏尸数万，逐北旬日。今之蛮触氏不知其几也，而庄子奈何？

时维光绪二十年，岁次甲午，有"东夷"之乱。甲午战争的硝烟未尽,王先谦听到庄子的浩叹回荡于断橹残樯之间。此时是"光绪二十年岁次甲午"的此时,也是庄子鼓盆而歌的此时——在朴学家的终极境界中隐含着深邃的绝望和达观。

说起"东夷"之乱,不知先谦先生是否想到了东方海上的大鱼?《庄子集释》唐西华法师疏解征引《玄中记》云:"东方有大鱼焉,行者一日过鱼头,七日过鱼尾。"

——即使以魏晋时有限的航海水平,从头到尾行船七日,此鱼之大也是惊世骇俗的。况且其中还有一些重要的技术细节语焉不详,那条鱼大概不会静静地等船经过,如果它同时也在游动,那么它与船的相对速度将会极大地影响对它的长度的估量。

古人对诸如此类的细节一向不大考究,他们很容易被巨大的惊奇击蒙,所以《玄中记》的作者接着以明显失去冷静的语调写道:"产三日,碧海为之变红。"

这种场面的确令人震惊,这次震惊的深度可以在中国人的想象力中得到测量:此后,提到碧海时,我们通常都会想起鲜血。

《玄中记》总算无意中提供了一点"科学的"观察材料:由那种哺乳动物的生育方式,我们可以毫无疑问地断定,这种鱼是鲸鱼。

好了,现在终于看到了一条熟悉的大鱼。熟悉的事物总是令人安心,晋人崔譔为《庄子》作注时断言,北冥那条鱼其实应该名"鲸","鲲""鲸"之差是庄子或其他什么人的笔误所致。想必崔譔所知的最大的鱼就是鲸鱼,但即使庄子一向有吹牛皮的毛病,他也不至于愣说"鲸鱼之大,不知其几千里"吧?

况且庄子对这条鲲鱼的去向也做了明确记载:它变成了一只大鸟,"其名为鹏。鹏之背,不知其几千里也;怒而飞,其翼若垂天之云。"我们有理由相信,这只鸟曾经飞临古埃及的夜空,它的翅膀在金字塔顶上轻轻划过,古埃及人感到了它与大地的神秘联系,这种不可索解的神秘令人苦恼，于是，他们用熟悉的事物为它命名，他们把它叫作"鹅"——我们知道，古埃及人是驯养家禽的能手。当然，它的真正名字是"鹏"，这只鹏一直飞到了公元20世纪60年代，一位政治家和诗人为此写了一首词——《念奴娇·鸟儿问答》。

所以，北冥中的鱼肯定不是鲸鱼。那么这条鱼就真的直上青天，留下空荡荡的碧海了吗？所幸庄子还留下了一点线索，此鱼名鲲，而"鲲"字，据《庄子集释》所引《尔雅·释鱼》，乃"鱼子"也。段玉裁说得更明白："鱼子未生者曰鲲。"一条鱼以鱼卵为名，显然是在暗示它具有某种繁殖能力，而考虑到它过分巨大的体积，自然选择合乎情理的结果应该是——它的后裔比它小得多，至少小到"一日过鱼头，七日过鱼尾"的程度。

也就是所说，我们的经验和理性要求某些动物尽快灭绝，比如龙，比如麒麟。我们不喜欢站在一片无边无际的鱼鳞上浩叹："不知其几千里也。"这个世界以及世界上的动物是供我们按我们的尺度测量和选择的。于是，那位自信的崔譔索性将不可想象的"鲲"鱼视为一次偶然的笔误。

当然，鲸鱼是否即是鲲鱼的后裔，这很难确说。至少，由卵生到胎生就是无从解释的突变。在现在通行的科学故事中，鲸鱼的祖先是一种陆上哺乳动物，其貌如狼。这个故事在艰苦地强求"解释"，听起来很不自然。我宁可相信，当鲲鱼后来作为一只鹏鸟背负青天朝下看时，它看到地球的各大海洋上不时腾起冲天的水柱，它知道，那就是它遗弃在地球上的后裔。

也有另一种可能，或许鲲鱼并没有变成鹏鸟，——这似乎更合情理——或许它仅仅是在漫长的进化或退化过程中繁衍出鲸鱼。但如此一来，我们就不得不重新解释庄子的有关记载。

有这么一个故事，出自《一千零一夜》，在埃及，这本书中的故事一直在说书人的口头流传。

故事是这样的：一个开罗人在梦中听到有个声音召唤他前去波斯的伊斯法罕，那里有件等待着他的宝物。开罗人历尽艰辛来到了伊斯法罕，外地人常有的"奇遇"准确地落在了他的头上，他糊里糊涂地陷进了贼窝，和一群贼一起被捉进官府。在公堂上，他不得不讲述那个梦以解释自己为何身在伊斯法罕，问案的老爷听罢大笑："真没见过这样的傻瓜！你们开罗有座房子，房子外有个花园，花园里有一眼泉水，一棵无花果，泉水下面有件宝贝，老爷我都梦见三回了，不还是好端端地待在这伊斯法罕吗？"于是开罗人离开伊斯法罕，奔向开罗，他知道，老爷梦中的房子正是自己的家……

在故事的另一个版本中，这个开罗人走得更远，——在伊斯法罕的贼窝里，他进入了另一个梦。一个大盗拍着他的后脑勺儿说："小子，告诉你吧，昨儿晚上我做了个梦，一个声音嘀嘀咕咕地对我说，我应该跟着一个开罗人向东去，在陆地的尽头，有个城墙环绕的国家，遍地是黄金和丝绸。可是只有傻瓜才会跟着梦走，我看你还是入伙儿算了，保你大碗喝酒，大块吃肉。"于是，这位确实有点傻气的开罗人又向东行去，他沿着中亚的古老商道，横穿大漠，终于到达梦中的国度，他在那里听到有关一位名叫庄周的古代哲人的传说，据说庄周也是喜欢做梦的：

　　昔庄周梦为胡蝶，栩栩然，胡蝶也……不知周也；俄然觉，则蘧蘧然，周也。不知周之梦为胡蝶与，胡蝶之梦为周与？

那位开罗人后来不知所终。我猜想，他大概采买了一批瓷器和绸缎，雇一支驼队启程回乡；但也许他发现自己身陷梦的骗局，只盼一觉醒来仍然身在开罗，却忘记了在梦境中走过来的路。或者，此人其实一直在做着某个开罗人的梦,那么他自己又是谁呢?——这的确很麻烦,但他的问题只能由他自己解决,我们要解决的只是鱼与鸟的问题。

——有那么一只轻盈的巨鸟,它在天地间无休无止地飞翔,从南极到北极,由起点回到起点,它感到这个世界是自己产下的一枚鸟蛋,日复一日的守望使它厌倦。于是,它越来越热衷于做梦,对它来说,这是逃出单调的日常生活的唯一途径。在灿烂的星空中,大鸟梦见自己化作一条沉重的大鱼,巨鳞刺云,宏鳍插天,横海孤游,吐浪吞涛。在黑沉沉的海里,这条鱼正做着壮阔灿烂的梦,它梦见自己变为一只轻盈的巨鸟,在星空中无休无止地飞翔⋯⋯

梦是无休无止的,如果不是意外地出了一位庄子。他瞅准梦境与梦境之间的间隙硬插进去,用刀子刻下了这样的句子:"北冥有鱼,其名为鲲。鲲之大,不知其几千里也。化而为鸟,其名为鹏。鹏之背,不知其几千里也。"于是,梦的链条猝然折断,梦被固定为冰冷的语言现实。

这件事的后果就是,大鱼的后裔们,那些鲸鱼,失去了它们的梦境,失去梦境的鲸鱼张着空虚的眼睛凝视星光灿烂的夜空,像失忆症患者。它们的眼睛吸收了太多的星光,以至于人们普遍认为鲸眼即是传说中的夜明珠。一本名为《述异记》的古书煞有介事地写道:"南海有珠,即鲸鱼目瞳。夜可以鉴,谓之夜光。"古人之言不可尽信,此为一例。

但古人之言也不可不信,鲸鱼与星空之间确有某种神秘的联系。《春秋考异邮》中断言:"鲸鱼死而彗星出。"《淮南子》又做了对称性的补充:"麒麟斗而日月食,鲸鱼死而彗星出。"由此,我们知道,在每一头鲸鱼死去时,夜空中都有一颗彗星悄然划过,某些仰望夜空的古人感到了这个场面,宏大的、不祥的寂静迫向他们的心头。

仰望夜空,可知海上消息。就像从鸟的梦进入鱼的梦,就像天空和大海在夜幕下密谋,人们可以从星星的颤动听到海的私语。

但一位美国人——爱伦·坡,他将沉睡都市的夜空视为"无穷无尽的蓝",没有星星颤动,当然,也没有彗星,像死去的海。都市里的人们在深海中游荡,每个人脸上都浮动着漠然的蓝。爱伦·坡,这个诗人,很不负责任地用这种冰冷的纯蓝笼罩了人们的梦境,从此,所有的梦幻制品,比如关于未来世界的电影,比如在虚拟空间中展开的电子游戏,都会有一滴蓝融化,晕染开来。

很少有人知道,这种无穷无尽的寂静的蓝与一头鲸鱼的死亡有关。那是一头名叫莫比·迪克的鲸鱼,或许是几个世纪以来人类所见过的最大的鱼,它死于一群南塔科特水手凶残、暴怒的追捕。爱伦·坡的同胞、名叫麦尔维尔的前捕鲸人在一本名叫《白鲸》的书中记载了这一事件。这本书大致上详实、可靠,当莫比·迪克死后——麦尔维尔写道——

> 一群小鸟尖声凄鸣地飞翔在那个还是大张着口的水塘上;一阵悲惨的白浪拍击着它那峻削的四周;接着,一切都消失了,可是,那个大寿衣也似的海洋,又像它在五百年前一般继续滔滔滚去。

麦尔维尔提到了鸟,很可能一只大鸟的凄鸣化作了凄鸣的小鸟。但有个重要的细节,麦尔维尔没有写到:当那条鱼死去时,一颗巨大的、光华灿烂的彗星划过天际,然后,所有的星星黯然寂灭,天空和海洋沉入了无穷无尽的深蓝。从此,我们再也不知海上鲸鱼的生死。

后来,一位名叫艾略特的诗人写道:

> 我坐在岸上
> 钓鱼,背后一片荒芜的平原,

> 我是否至少将我的田地收拾好?
> 伦敦桥塌下来了,塌下,塌下
> 就把他隐身在炼他们的火里,
> 什么时候我才能像燕子,噢,燕子。

再后来,我看见庄子在河边与人搭话:
庄子说:"鲦出游从容,是鱼之乐也。"
人问:"子非鱼,安知鱼之乐?"
庄子说:"子非我,安知我不知鱼之乐乎?"

天花乱坠

——我的经典

汉语中的梵音
——《长阿含经》

《长阿含经》为《四阿含》之一种。后秦弘始十四年至十五年（公元412—413年），由记宾（今阿富汗南部、克什米尔）僧人佛陀耶舍诵出，凉州僧人竺佛念译为汉文，道士道含笔录。

2002年，在去云南中甸的飞机上，我读《长阿含经》，见晚年的释迦牟尼为肉身所苦，他说："吾患背痛。"他独自坐在一棵树下，这时，一个名叫波旬的妖魔蹦出来叫嚣："佛意无欲，可般涅槃，今正是时，宜速灭度。"

佛说："止！止！波旬！佛自知时，是后三月，于本生处拘尸那竭娑罗园双树间，当取灭度。"于是，"魔即念：佛不虚言，今必灭度。欢喜踊跃，忽然不见。"

——我忽然觉得，此时的佛是软弱的，那是类似于受难的耶稣的软弱。释迦或者耶稣，宗教创立者包容和承担着人类的软弱。

"止！止！波旬！"这是佛的声音吗？翻成现代汉语，那个名叫释迦的老人也许正说："且慢，别急……"他的声音是慈祥的、宽容的、疲惫的？

《四阿含》是声音的奇迹。佛陀入灭后，弟子迦叶在灵鹫山召集五百罗汉共同编订释迦训诲，编订的方式今日看来匪夷所思：先由侍佛二十五年的弟子阿难诵出释迦一段言行，迦叶提出质询，阿难答出相关的时间地点、前因后果，最后众人合诵，确认无争议、无讹误，遂定为一经，如此形成了汉语译文长逾百万言的《四阿含》。

也就是说，整个过程不立文字，佛之言阿难听了，阿难之言众人诵之、传之，神圣的经文存于声音之中、口耳之间，存于记忆，存于心。

——文明的普遍趋向是对声音越来越不信任，声音是风，是水，是红尘，是身体，是人类生活中比较嘈杂、比较混乱的部分，是世俗和大众，相比之下，书写是浮出海面的礁石，它稳固、超越，更像"真理"。人类曾力图以字迹覆盖声音，黄仁宇写《万历十五年》，主要困难之一是听不到明朝的"声音"，他不知那时的人怎样说话，他意识到，落在书面上的一切已远离人的身体和人的心。

然而，在文明的上游，几个人安详地发出声音，释迦、孔子、苏格拉底、耶稣，他们说出真理，他们坦然地以转瞬即逝的方式呈现永恒。他们何以如此？他们是绝对的天真还是绝对的悲凉？难道正是由于声音之脆弱、微渺，他们成为了人类的伟大导师？

天花乱坠。读《长阿含经》，遥想当日我佛说法，必是绚烂、壮美。即使是家常情景，只要释迦开口，你一定会目眩神移。如果释迦和耶稣坐在一起，耶稣就是个寡言的木匠，而孔子或苏格拉底则是简朴的夫子，释迦也许是其中最具神性光芒的一位，他曾是王子，他的声音中有浩大的富丽，是无穷无尽、汹涌澎湃的繁华。

——可以想象，一千几百年前的中国人将为之迷醉。两汉是黑色的、白色的、黄色的，雄浑，然而单调，想起汉代、想起三国，你肯定不会想到"缤纷""丰饶""繁复"，佛经的传入不仅是宗教事件，还是一个审美事件，热带的思维、感性和想象如暖湿气流灌注我们的心灵。

我一向认为印度人是最啰唆、最烦琐的民族，多年前读佛经，总是惊叹于他们可以在一个点上纹丝不动而任由言语四外蔓延，他们是能指游戏的高手，他们要用八万四千只狗去追一只兔子，他们的耐心举世无双，你会感到，那经文无论是被书写还是被念诵，书写和念诵行为本身就是对"永恒"的模仿。

《长阿含经》是佛教原始经文，比较而言，它本色、质朴，但读它依然需要耐心。我在中甸读完了《长阿含经》，但我一再自问，为什么读它？它对我有何意义？

没什么意义。我不是佛教徒，我迷恋世间苦。

作为一个写作者，我倾慕释迦庄严而安详的语调，那种梦幻气质，那种博尔赫斯式的玄思，当然，准确合理的说法是，博尔赫斯有释迦式的玄思。在《耆尼沙经第四》中，关于"摩竭国人命终生处"，整个叙述隐含着令人眩晕的时间回环，你越往下看，越找不到逻辑上和时间上的起点和终点，一切都是在终结之处开始，或者说此时的一切都已经发生……

但这终究是遥远的，与我无关。远处是大雨中的中甸草原，这里已经正式改名为"香格里拉"，一个西方人的梦境覆盖和篡改了这座高原古城。

我听到一个长须飘拂的僧人正流水般咏唱，他的面容就像电视新闻里阿富汗群山间的老者，他的音调低沉悠长，让我想起印度电影里热烈的歌曲，我一直觉得印度的语言最具音乐性，在我的想象中，印度人说话就像唱歌一样。

佛陀耶舍在背诵，他的声音通过另一个人变成另一种声音，第三个人让这声音落在纸面上。这个场面令人震撼，也令人惶惑。佛陀耶舍的声音是千年以前那个人或佛的回声吗？对此我们如何确证？而当这声音转为汉语、落为汉字时，什么留下了，什么消失了？留下的一切在什么程度和什么意义上改变了我们的语言？

——想想是有趣的，当我们使用"思维""觉悟""成就""欢喜"等等无数词语时，公元前六百年北印度的阳光、树叶上的露珠、吹拂衣带的风、一个人的微笑，也许一切都隐秘地存于我们的声音里……

黑夜之书
——《酉阳杂俎》

我在谢弗的《撒马尔罕的金桃》中隐约看到《酉阳杂俎》，这部研究唐代外来文明的书烂烂、淫靡，书读完了，如夜宴散了，惨淡的白昼降临。

（谁能把一部学术的书写得烂烂、淫靡？）

《酉阳杂俎》散落在《撒马尔罕的金桃》的引文和脚注中，像一根细而长的金丝，在锦缎上闪烁不定。那时，在我的想象中，《酉阳杂俎》是一本秘密的书，它有一种魔鬼的性质，它无所不知，它收藏了所有黑暗、偏僻的知识。

（我断定，王小波肯定读过《酉阳杂俎》，我甚至看见，在博尔赫斯的图书馆里,在月光伸不到的角落,也有一本《酉阳杂俎》。)

后来我得到了这本书,但那是铅字横排本,一种大众的、工业的气息损伤了它的魔力,这不是魔鬼的书,而是公司职员或公务员的书。所以,我的梦想之一就是拥有一部明版的《酉阳杂俎》,借着昏黄的烛光读,同时风雨敲窗。

(矫情而且腐朽。)

于是,你就感到世界多么广大深微,风中有无数秘密的、神奇的消息在暗自流传,在人与物与天之间,什么事是曾经发生的?什么事是我们知道的或不知道的?

比如,盐的知识:

昆吾陆盐周十余里,无水,自生末盐,月满则如积雪,味甘;月亏则如薄霜,味苦;月尽则全尽。

(我们在品尝月光吗?)

比如,关于一种遥远的树:

大食西南二千里有国,山谷间树枝上,化生人首,如花,不解语。人借问,笑而已,频笑辄落。

(大食为古阿拉伯,西南两千里应是非洲,如花的脸挂满树梢,他们在银子一般的笑声中飘落。)

比如,关于老虎的死亡:

虎初死,记其头所藉处,候月黑夜掘之……深二尺当得物如琥珀,盖虎目光沦入地所为也。

(老虎绝望的目光凝固为物质,金黄、透明。)

——所有诸如此类的知识都透露了世界的某种不为人知的本质,这种本质在此时已经消散。

鲁迅读过《酉阳杂俎》,他在《中国小说史略》中写道:此书"或录秘书,或叙异事,仙佛人鬼,以至动植,弥不毕载,以类相聚,有如类书。虽源或出于张华《博物志》,而在唐时,则犹独创之作。"

(《故事新编》中那颗令人惊骇的人头在古中国的夜空中飞翔,《酉阳杂俎》载:"晋朱桓有一婢,其头夜飞。"那女子一定有飘逸的长发。)

"类书",一般的解释是古代中国的"百科全书"。但两者形式上或有相似,基本精神却判然有别,百科全书意在"启蒙",用理性对世界进行澄清、整理,而类书则汇集所有的奇谈怪论和奇思妙想,所有的猜测、幻觉、传言和胡说。百科全书是"正确"的,它已经照耀全世界,但是,正确的生活是贫瘠的生活,正如正确的头脑是无趣的头脑,类书所保存的世界仍在理性的背面浮动,容纳人类千变万化、无穷无尽的错误。

(两部著名的类书《太平广记》和《太平御览》是由宋太宗倡议编纂的,我因此对该皇帝怀有敬意,他对人类生活的复杂性有着宽阔明智的理解。)

本雅明曾梦想撰写一部全由引文构成的书,而类书正是引文之书。但编纂类书通常是浩大的集体工程,在官方组织下,一群饱学之士从所有的书中搜拣只言片语、零砖剩瓦,然后构筑一个所指涣散的宏大文本。

而《酉阳杂俎》却由一人独自完成,他是段成式,生当残阳如血的晚唐,当过秘书省校书郎,官至太常少卿,得以浏览浩瀚的皇家藏书,又因为迭任刺史,行万里路,想必听了无数奇闻逸事、流言蜚语。那时,类书的概念尚未形成,他只是怀有一种荒唐的激情,在他的想象中,许许多多的古时圣贤、后世大儒和史学家,他们在共同撰写一部大书,在这部书中阐述和描绘人类在白天、在阳光下的清醒生活,但是,他将在这部书的背面全面记录人的黑夜,黑夜的美妙、迷狂、恐怖和神秘,人在黑夜里放纵的怪癖……

（中国散文的这一脉，现代以来早已丢失殆尽，如今居然有人告诫你散文不能虚构，他们没读过《庄子》吗？）

所以，《酉阳杂俎》是黑夜之书。

作为类书，《酉阳杂俎》并不纯正，其中有大量个人创作的成分，即使是引文也经过了段成式的重述。一千多年前的夜里，这个人卧于榻上，他似乎沉于幽蓝的水底，他透过荡漾的水凝望星空，每当一颗流星划过，他就翻身而起，匆匆写下几行字，然后把字条纳入一个五彩斑斓的锦囊……

然后，在 2002 年的一个夜晚，我看到另一个唐朝，唐朝背面的唐朝。

——一个狂热、刚猛的诗歌爱好者在身上刺满了白居易的诗篇和插图：

"荆州街子葛清，勇不肤挠，自颈以下，遍刺白居易舍人诗。成式尝与荆客陈至呼观之，令其自解，背上亦能暗记。反手指其札处，至'不是此花偏爱菊'，则有一人持杯临菊丛。又'黄夹缬林寒有叶'，则指一树，树上挂缬，缬窠锁胜绝细。凡刻三十余首，体无完肤。"

（啥是"酷"啊，这就是了。）

——据说，地里的瓜是忌香气的，因此一场巨大的瓜灾发生了：

"郑注大和初赴职河中，姬妾百余尽骑，香气数里，逆于人鼻。是岁自京至河中所过路，瓜尽死，一蒂不获。"

（疯狂的香，瓜因窒息而死。）

——黄昏，一个女人被怪物吞噬了头颅：

"柳氏露坐逐凉，有胡蜂绕其首面，柳氏以扇击堕地，乃胡桃也。柳氏遽取玩之掌中，遂长，初如拳、如碗，惊顾之际，已如盘矣。曝然分为两扇，空中轮转，声如分蜂，忽合于柳氏首。柳氏碎首，齿着于树。"

("齿着于树"！想想吧，想想吧。)
……

盛大、永恒的城
——《东京梦华录》

《东京梦华录》，一部奇书。

在星光灿烂的宋朝，在陆游、辛弃疾的宋朝，这个叫孟元老的人本来不会被我们看见。但是，有一天，孟元老决定写一部书。这时已是南宋高宗绍兴年间，"靖康耻，犹未雪"，而逃到杭州的河南人已经安居乐业；他们有时也会谈起家乡，那座丢失在万里河山之外、二十年时光尽头的大城——东京汴梁；他们常常发生争执，每个人心中都有各自不同的汴梁，尤其是那些年轻人，东京沦陷时也许只有两三岁甚至还没有出生，但他们和21世纪年轻的网民一样，固执、热情地相信种种道听途说。

孟元老这时五十多岁了，他曾在东京度过了二十三年，他预感到那座大城将第二次丢失，丢失于人们的记忆和传说之中；他本非文人，但他决定写一部书，把东京保存在书中。

这就是《东京梦华录》。在文学史上你大概找不到这本书，它是可以忽略不提的，它与那伟大的道统和文统并无关联；这不过是一个身份可疑的老混混儿的无聊之作，文字鄙俚、笨拙，章法平板如流水账或菜谱或戏单，最要命的是这里没有"精神"，没有"情思""感怀"，也几乎没有什么主观痕迹……

但正因如此,《东京梦华录》被我反复阅读。我穿行在近千年前东京汴梁的大街小巷:宏伟的宫观,鳞次栉比的店铺,灯红酒绿的妓馆,我苦苦寻找一个人,那个叫孟元老的人,那个无所事事的玩主,他必定从清晨到深夜都在东京城内游荡,他必定如蜂蝶般追逐每一处红尘滚滚的热闹、每一处花团锦簇的繁华。

——他像张岱。但和张岱不一样的是,他着意把自己在繁华热闹中隐藏起来。所以整本《东京梦华录》,除《自序》之外,没有任何一处出现第一人称。只有一次,他差点被找到了,那是在一家饭馆:

> 吾辈入店,则用一等琉璃浅棱碗,谓之"碧碗",亦谓之"造羹"……

——太奸诈了。"吾辈"也就是"我们",孟元老混在几个酒肉朋友之间一闪而过,你还是不能把他辨认出来。

所以,《东京梦华录》笨拙的叙述中埋藏着一个本雅明式的主题:个人消失在都市的浩大人群中,他没有名字,没有面目,当然也没有"主观"。

古人不知本雅明,他们也就不理解孟元老。孟元老的冷漠几乎是令人恼怒的,行文中不仅没有国破家亡的感慨,"且记中尝及童蔡园第、后家戚里,当时借权灼焰,诱乱导亡之事,绝不因事而见,此盖不得杨衒之《洛阳伽蓝》法耳"(明秘册汇函本胡震亨跋)。

也就是说,该老兄谈到蔡京、童贯之类导致北宋败亡的元凶时居然也是不痛不痒,若无其事,他该向写《洛阳伽蓝记》的杨衒之学习,好好提高政治觉悟。

但杨衒之是做官的,是主流文人,抚今追昔、总结教训原是他的本分,孟元老不过一介平民,对政治既不在行亦无兴趣,他喜欢的事是吃，看戏，逛街，从他对相关门径节制而准确的叙述来看，他还是青楼的常客。

所以，孟元老笔下的东京是浩大人群的东京，也是物质的东京、"商品极大丰富"的东京。他的流水账式的笔法也许是由于笨拙，但也许正是这种物质之名的冗长罗列使这座大城成为"物"的奇观：

（大相国寺内）庭中设彩幕露屋义铺，卖蒲合、簟席、屏帏、洗漱、鞍辔、弓剑、时果、腊脯之类。近佛殿，孟家道院王道人蜜煎，赵文秀笔，用及潘谷墨，占定两廊，皆诸寺师姑卖绣作、领抹、花朵、珠翠头面、生色销金花样幞头帽子、特髻冠子、绦线之类。殿后资圣门前，皆书籍玩好图画及诸路罢任官员土物香药之类……

——现在的读者已经不知某些名目的所指，但是你知道这就像进了百货公司，"物"正无穷无尽地涌来……

孟元老的记忆有一种隐蔽的偏执，他不厌其烦地罗列物品，不厌其烦地历数店铺的名称；写到皇家礼仪和四时节庆时，他专注地铺陈种种程序性的细节，他的琐碎和具体是如此盛大，以至那座名叫东京的大城不像是伫立在某时某地，而像是由词语精密复杂地堆砌。这位建筑者是个疯狂的家伙，他就像卡尔维诺笔下向忽必烈汗讲述远方城市的马可·波罗，让一座城市在符号的坚硬光芒中呈现。

但有一个问题：孟元老会不会在他笔下的东京迷路？

出朱雀门东壁，亦人家。东去大街、麦秸巷、状元楼，余皆妓馆，至保康门街。其御街东朱雀门外，西通新门瓦子以南杀猪巷，亦妓馆。以南东西两教坊，余皆居民或茶坊……过龙津桥南去……东刘廉访宅,以南太学、国子监。过太学,又有横街,乃太学南门。街南熟药惠民南局……

如此一路行来,你还分得清东南西北吗?孟元老大概是不会迷路的,但他却把我们带进了错综复杂的迷宫,然后他就消失于茫茫人海。

"迷宫",这应该不是孟元老的本意,他在努力把话说清,但就在这个过程中,文字本身失去了方向感,我竭力辨认,我感到身处21世纪的北京某处陌生的街道,深夜无人,梦魇正悄然降临……

——这就是孟元老的东京,在我的叙述中,它变成了本雅明的东京、卡尔维诺的东京、博尔赫斯的东京,变成了词语之城,变成了物质与人群的迷宫。这座城盛大、永恒,因为它是12世纪的东京汴梁,也是直到21世纪的一切大城。

所以,《东京梦华录》是一部奇书。当年的东京被黄河泥沙掩埋,沉睡在今日开封的地下,而这本书也同样沉睡……

一世界的热闹,一个人的梦
——《陶庵梦忆》

1. 张岱喜欢的事是:深深庭院,眼神波俏的丫鬟,繁花和少年,华丽的衣裳,骏马奔跑的姿态,神奇的灯,烟花在幽蓝的夜空中绽放;还有梨园歌舞,紫檀架上的古物,雪白的手破开金黄的橘子,新绿的茶叶在白水中缓缓展开,这些都是张岱喜欢的事。

2. 张岱还喜欢锣鼓吹打,喜欢人群。浩大的、如粥如沸的人群,其中有张岱。张岱叹道:人太多了,太挤了,太闹了。但人群散去,天地大静,一缕凉笛绕一弯残月,三五人静坐静听,其中亦有张岱。

3. 张岱是爱繁华、爱热闹的人。张岱之生是为了凑一场大热闹,所以张岱每次都要挨到热闹散了、繁华尽了。

4. 张岱,字宗子,居绍兴,生死于明清之际。家世殷富,少有捷才。然学书不成,学剑不成,学节义不成,学时文不成,学仙学佛,学种地,皆不成。时人呼为废物、败家子、蠢秀才、瞌睡汉,到老了,一言以总之,呼之曰:死老鬼!

5. 张岱之后百年,有贾宝玉生于金陵。张岱所爱亦为宝玉所爱,宝玉之阅尽大观正如张岱凑够了热闹。该二人皆有与生俱来的冲动——成为"废物","废"了自己。故异史氏曰:宝玉岂"死老鬼"张岱投胎转世欤?张岱又字石公,莫不就是大荒山青埂峰下女娲补天所遗的一块废石?

6. 张岱毕生足迹,南不过绍兴,北至兖州。山东、江苏、浙江,由圣人发祥之地到六朝金粉、湖上风月,地图上狭窄的一条正是古中国文明的中心。时当晚明,据说资本主义在此萌芽了,据说这萌芽又被掐掉了。但是——

9. 张岱和他的人群正无边无际地欢乐。鲜花着锦,烈火烹油。他们不知道北方的蛮族正撞击帝国的长城,不知道一个下岗驿丁的身后正聚集着更广大的人群,这是一支沉默、饥饿、仇恨的大军。

10. 张岱不知道。张岱知道的是:这世界正在瓦解,天柱欲折,四维将裂,张岱在内心深处等待那一刻。那和满洲的铁骑无关,和李自成的义旗无关,和历史无关,那是白茫茫大地真干净,是尘埃落定。所以——

11. 张岱和他的人群见证了"末世"。他们见证无限的美、无限的繁华、无限的精致复杂,见证了缓缓降临的浩大的宿命。休说是王朝鼎革、人事浮沉,这种宿命的末世感将穿越康乾盛世,结出一朵最美的花，所谓"阆苑奇葩"：《红楼梦》。《红楼梦》是无数梦的影子，其中有张岱的梦。

12. 张岱晚年耽于梦。鸡鸣枕上，夜气方回，五十年来，总成一梦。痴人说梦，遂有《陶庵梦忆》。

13. 张岱此时国破家忘，流离山野。所存者，唯破床一具，破桌子一张，折腿的古鼎，断弦的琴，几本残书。还有梦。还有用秃笔蘸着缺砚写下的字。字迹想来是枯淡的，但应是依然妩媚，如当年旧事藏于白头宫女眼角眉梢。

14. 张岱真正喜欢的事是：

文字。

15. 张岱好文字。不是那种正大的好，是纨绔子弟的那种好。好得有点儿赖皮，好得不讲道理。明代小品，文字通常是放得开了，但二袁其实还是官员气派，作爽朗作洒脱，自高处平易近人；至于竟陵诸家，越放开越别扭，如仆人扮老爷，手脚不知何处安置。倒是张岱，便是赖皮，便是不讲道理，也是娘胎里带来的随便。

16. 张岱文字快。他喜用排比，快时直如大珠小珠落玉盘，目不暇接。张岱爱热闹，文字也热闹，眼观六路，下笔如飞，无黏滞、无间断。小品文字，写慢容易，写快难。快而又磊磊落落、跌宕流转如张岱者，尤难。

17. 张岱纨绔也，故有霸蛮气。行文如操刀，造句如欺男霸女。如《报恩塔》起首一句："中国之大古董，永乐之大窑器，则报恩塔是也。"如《筠芝亭》："筠芝亭，浑朴一亭耳，然而亭之事尽，筠芝亭一山之事亦尽。"此类句子均如一声断喝，当者披靡。

18. 张岱在文字中注视他的城郭人民，他失去的一切，他权当未曾拥有的一切。他竟无怨愤、无哀伤。偶尔张岱会感慨，但也只是一声轻叹。明季遗民中少有如张岱这般没心没肺。但张岱的没心没肺有更广大的境界：冬天降临时，凋谢的花、殒命的鸟何曾哭天抢地？而这古老文明的荒凉冬天已经来了。

19. 张岱于崇祯二年中秋次日途经镇江。日暮时分，至北固山：

月光倒囊入水，江涛吞吐，露气吸之，嚯天为白。余大惊喜，移舟过金山寺，已二鼓矣，经龙王堂，入大殿，皆漆静。林下漏月光，疏疏如残雪。余呼小仆携戏具，盛张灯火大殿中，唱韩蕲王金山及长江大战诸剧，锣鼓喧阗，一寺人皆起看……剧完，将曙，解缆过江。山僧至山脚，目送久之，不知是人、是怪、是鬼。（《金山夜戏》）

——这就是张岱的生命和生活，一场大静之中热闹红火的戏。曲终人不见，江上数峰青。

伤心谁家院
——《板桥杂记》

《板桥杂记》，余怀著。

板桥即长板桥，在秦淮河上，过桥西去即为"旧院"，"一带妆楼临水盖，家家分影照婵娟"，在明代，那是烟花繁盛地，现代汉语中，那叫"红灯区"。

余怀高寿，活到了八十岁，殁于清康熙三十四年。在漫长的后半生，余怀看着旧院化为废墟、化为菜地，那里主要出产一种"瓢儿菜"。他写了一本《板桥杂记》，回忆昔日的桨声灯影、风月无边。

——这就让人想起他的同代人张岱,《陶庵梦忆》也是寻那旧梦。但张岱的文章更见性情,更有光芒,以我的趣味,我是不太喜欢余怀的简朴。然而,《板桥杂记》中总有一些因素令人不能释怀,也许这些因素并非此书独具,但正巧在这本书里我感觉到了它们。

《板桥杂记》是一份"伪史"。明清易代,天地翻覆,大批文人隐于江湖,以"遗民"自命,便是进了新朝庙堂,骨子里仍有遗民气。社会精英的自我放逐,这是清代前期危及皇朝统治合法性的主要问题,经过康、雍、乾三朝的怀柔与威迫,经过一百多年的太平消磨,这个问题才算大致解决。

所谓"解决",我指的是清朝终于被纳入我们的历史秩序,我们承认,在"历史"这部大书里,明朝这一章结束了,清朝是它正当的接续。但这是我们现在的看法,对清初的文人来说,他们的真实感觉是,"历史"中断了,他们不幸掉进了一个时间的空洞。

清初知识分子的主要精神诉求就是填补这个空洞。他们必须克服虚无,必须使自己的过去和现在有意义。但这真是难啊,儒生们一向自认为是历史的主体,而明清易代之时一个触目惊心的事实正是这个"主体"的缺席。我觉得,晚明文人当时主要做了两件事,一是写诗嫖娼,二是结伙骂街,他们鲜明的自我意识和对政治、道德"正确性"的执着与他们的无能、偏狭和虚矫真是相得益彰。

"大明江山一座,崇祯皇帝夫妇两口"就这么断送掉了,这时再谈什么东林、复社还好意思理直气壮?死了也就罢了,活下来的人还得讲故事,这个故事很难讲,为难的结果,就是一大群江南名妓、一大串风花雪月的事被记叙下来,进入了历史。

文人们躲在女人身后,他们的自信心崩溃了,他们无法给出他们自己在历史中的意义,于是,他们一是宣布历史中断,二是把意义问题偷换为审美问题,后一着正是他们拿手的,他们都是风流才子啊。

所以,《板桥杂记》是"伪史",这就相当于一个当代文人沉痛讲述他在三里屯怎么泡吧、泡妞,并且断定这一切都有历史意义。但唯其是"伪史",这本书变得有趣了,一边是宏大的历史叙事,一边是风月场上的个人见闻,前者是传统文人的说话方式,后者是他们的生活方式,这里有冲突、有矛盾,余怀老先生努力把它摆平。

如果是个现代作者,这本书可以写成几十万字,但在余怀手下,它只有一万多字。余怀所知甚多而所说甚少,现代人的文章通常是所知甚少、所说甚多。古人的眼光拉得很长,一望几十年,看的是关节、筋络,我们的眼光短,看的是此时,是皮肤。当然,余怀这么写有他深思熟虑的考量,由关节、筋络,人物直接呈现为命运,那是枝头的花委于污泥,历史的大风雨摧折万物。

——卑微的小人物、卑微的小女子与历史发生了肯定性的关联,这是传统文人作为历史讲述者和守护者的一次重大退却,在那以前,女人是祸水,是干扰历史正常运行的邪恶因素;而在明末清初的记叙中,美丽的女人们成了飞翔于大毁灭之上的神女,文人们不得不抓住她们的衣带,分享她们的美、魅力和无辜……

想想吧,关于晚明,如果删除了那些女人,对剩下的那群衣冠男人我们其实就没什么话可说了。他们自己想必也意识到了这一点,于是,钱谦益、吴梅村、余怀等等于此津津乐道,他们似乎是在与历史做一笔交易,以微妙的性感因素换取自身的在场。

《板桥杂记》写得简朴、清艳,时间已经磨蚀了记忆中刺目的繁华,同时这也是为了使这本"狭斜之是述、艳冶之是传"的书具有"史"的庄严,所谓"一代之兴衰、千秋之感慨"。文言文本来就有一种遮蔽生活真实质地的功能,不管什么事,文言的锦缎覆盖,自然就雅起来,静下去,消了烟火红尘。但《板桥杂记》偶或也会露破绽,忽然冒出一句大白话:

顾喜，一名小喜，性情豪爽，体态丰华，跌不纤妍，人称为顾大脚，又谓之肉屏风。

最后这两个外号殊不雅驯，但恰恰由此你能感到扑面而来的欢场气息，那是未经诗化的，是粗俗的，是直接的感官和身体，与历史原没什么关系。

——雨中过常熟，见路边两堆荒冢，同行者告我，那是柳如是和钱谦益，柳"爱国"，所以墓前有牌坊，钱"不爱国"，原先是没牌坊的。"人稀春寂寂，事去雨潇潇"（王士禛《寻旧院遗址》），便想起陈寅恪，想起《板桥杂记》。

显得你的药便不灵了
——《笑林广记》

先说一个段子：

三人同卧，一人觉腿痒甚，睡梦恍惚，竟将第二人腿上竭力抓爬，痒终不减，抓之愈甚，遂至出血。第二人手摸湿处，认为第三人遗溺也，促其起。第三人起溺，而隔壁乃酒家，榨酒声滴沥不止，以为己溺未完，竟站至天明。

这段子题为《恍惚》，见于《笑林广记》卷之五《殊禀部》。恍兮惚兮，神思不属，此等迷糊在古典文学中被充分书写，寻寻觅觅，千回百转，文人们写得美、写得缥缈，当然有时不免于酸。但在我看来，说"恍惚"说得最透彻的还是这个段子：大脑的某个部位醒了，另一个部位还睡着，他知道痒，他却不知道抓的是别人的腿；他听见滴沥，却不知滴沥的不是自己的尿。

于是，"恍惚"由精神和审美的境界忽然被拉回了地面，它重新成为一种肉体经验，它与肉体的麻痹和感觉的失调有关，它不再是潮湿和纯粹的云雾，它是机械性的混乱。

——我设想，加缪读过遥远东方的这个故事，《局外人》中就密布着物质的、身体的"恍惚"。

《笑林广记》，中国古代的段子汇编，宋时已有刻本，后经不断增补，目前所见的最完备的本子成于清乾隆四十六年（1781年）。这是一部没有作者的书，或者说，每个作者都自愿放弃了对作品的权利，他无名、他消失，他让声音在嘈杂的人群中秘密流传，最终变成一种飘零的、近于自然的存在。

段子，或者叫笑话，有一个发生学的疑难。我查阅手机短信，我接到一个又一个段子，我常常疑惑，谁是一个段子的作者？一个段子在流传过程中会被修订，会有相互差异的众多文本，但在最初，它应该是有一个作者的，他第一个写出了它或说出了它。

那么，为什么？他的创作冲动从何而来？他没有稿费，没有版权，他也不会因此出名，他为什么要"创作"？

因为快乐，是的，单纯的快乐。这种快乐很大程度上恰恰来自作者的无名。无名，所以不负责任，所以胆大妄为，超越任何言说的禁忌，所以粗俗、残酷、狭邪、放荡。

——这难道快乐吗？我现在写的是一篇署名"李敬泽"的文章，我要郑重强调，快乐应该是文明的、健康的、合道德的、有节制的。

然而，人是不完善的，人有弱点，人的最不可克服的弱点就是他有肉体，比如一个人呱唧呱唧吃，然后再稀里哗啦排泄，我认为这很不雅观，但不吃不行、不拉不爽，一个人一生之中大部分时间其实是在忙着这些不体面的事。

所幸人是有"精神"的动物，我们在口头上、在文字上体面，我们可以假装肉体不在，把它封闭在沉寂的区域，然后径自飞向某个意义的高度。

——但真的沉寂了吗？在沉寂中或许还有窃窃私语？每个社会、每一种文明都拥有"正文"之外的隐秘的语言生活，人们悄悄地在言说中感受肉身。肉体的沉重、僵硬、不协调、不纯粹、不可自主，这一切是人的弱点，也是人与人平等的底线，也就是说，进了澡堂子，裸裎相对，人人没有名字，肉身你有一具我也有一具，谁也别装孙子了，一切"高度"都取消，一切价值等级都拉平，这难道不快乐？这是一种在理性、文明之外的快乐，是被禁忌和冲破禁忌的快乐。

《笑林广记》因此具有特殊的重要性，它是黑暗中的笑声，是天理遮蔽下的人欲，是我们前人的肉身。

回到了肉身，人和人之间的一切隔阂都被打破。读一本唐宋八大家的书，你常会感到它离你很远，你很难走近它。读《笑林广记》，你却毫无障碍，好像那些段子刚刚发到你的手机上，你微笑或大笑，透彻地领悟那些语言的诡计和花招。

乘一架时间机器回宋朝，你和苏东坡、和宋江李逵其实没什么话说，但是有段子，段子能让穿宽袍扎幞头的人与西装革履的人同时发出笑声。

——将近一千年了，人间换了。

但人真的改变了吗？

我所读的《笑林广记》是光明日报出版社 1993 年 5 月第 1 版，一位当代的校点者在《前言》中说：

《笑林广记》……其内容不是一人一世的创作，而是广大劳动者共同创作的产物，是劳动者智慧的结晶。它产生于民间，创作于人民。这足以说明它的文学性、人民性。人民需要生活，需要真实，需要艺术，需要快乐。

我觉得该先生要么是太老实，要么就是搞笑的高手。"人民需要生活"，这话说得有趣得紧，"人民"是否需要"生活"我不知道，我倒知道人大概是需要段子的。不知在什么地方我说过"把日子过成段子"，这话被黄集伟先生引了去广为散播，似乎是为当今的段子大流行张目，其实我没倒那么疯，用那位校点者的话说，我只是觉得应该让"劳动者"发挥他的智慧，这是一种避免焦虑至死的智慧。当然，如果一个人一天非得听或说七八个段子才能过，那也许说明他非常不快乐，以至于他如此地需要快乐。

——话说到这儿，我自己都糊涂了，只好从《笑林广记》上抄个段子了事：

一方士专卖迷妇人药，妇着在身，自来与人私合。一日有轻浪子弟来买药，适方士他出，其妻取药付之。子弟就以药弹其身上，随妇至房，妇只得与伊交合。方士归，妻以其事告之。方士怒云："谁教你就他！"妻曰："我若不从，显得你的药便不灵了。"

这个下午读爱情诗

茶是明前玉峰，鲜嫩的绿，用粗糙的陶杯沏新茶，绿得略微怨婉。午后的阳光变得清凉，木色沉沉的方桌、墙上的残山剩水、古筝、烛台，深陷于某个繁华的旧梦，缠绵不醒。只有一只白鸟在室内飞来飞去，有时停在屋角的一丛竹上，半枯的竹叶一阵细响。

隔着玻璃看，街上的人和车悄无声息，有一种默片般古怪的仓皇，从街上看这座茶楼，人就像玻璃缸里睡着的鱼吧？

这个下午读爱情诗：一本关于结束或开始的诗，"开始"将走向"结束"，而"结束"总是来自"开始"，生命的每一"此时"都蕴涵着开始和结束。——这是一种相当有趣的看法，它表明"此时"最难把握，无论用心还是用文字。

所有的爱情诗都困惑于、沉醉于"此时"的神秘。爱情中的"此时"是时间的晶体，晶莹、华美，但像玻璃一样轻脆易碎；恰恰在生命的巅峰人们最能感觉"永恒"的降临，使灿烂的瞬间隐入广大的黑暗。所以，有狂喜深忧、激扬沉静，人在爱情中领悟生命与时间。

在中世纪的修道院,僧侣们曾经写下他们的情书,从"爱"通向"永恒",是为"亲吻神学"。禁欲使爱情成为灵性的、精神的,灵性与精神能够抗拒感官对每一个"此时"的消费——在这个意义上,几乎所有的古典情诗都是"亲吻神学",都洗净了爱情中的欲望。

但在我们这个时代,爱情诗的写作是否可能?在电视里,"爱情"已经彻底沦为游戏,是在千百万人面前表演的社交礼仪、言语方式,是现场拍卖般的权衡、竞价,谁还在乎"此时"所包含的意义?"此时"仅是"此时",它在消费的狂欢中被随时丢弃,"爱情"又何以能够为"诗"?

那么,就在这个下午,读爱情诗。爱情在诗中成为"纯粹的生活"——诗人在书写中留住了"此时",那些纯净细致的诗句不仅表达着丰富深微的现象和感受,更重要的是,让每一个"此时"都呈露出意义,生命不再一地狼藉,而是如一只圆润的碗,丰盈、自足。很难说这是一种状态还是一种梦想,是生活还是诗,也许事情的真相是:诗人们是这个时代无可救药的理想主义者,他们在生活中梦想着另一种生活。

天已黄昏,收拾起书出门去,市声喧嚣,扑面而来。斜阳照着门外的一通石碑,仔细看,是苏轼的《江城子》:

纵使相逢应不识,尘满面,鬓如霜。

卷 二

对我们历史的信心

几年前,我每天去什刹海游泳,然后坐在岸边,听几个北京大爷谈天说地。一般来说,这世界上的事儿他们不懂的很少,而且是那种很有把握的懂。比如,有一次谈起为什么老外比较有钱,一大爷言道:"人家那地界儿好啊。你看看世界地图,有钱的都在上边儿呢。"

这话我当时不以为然,最近忽然想起来,不禁叹服:有学问。就这两句话,便提出了一个历史模式,它解释了近代以来争讼不休的大问题:世界各民族之间何以存在文明发展速度的差距。

想起这件事是因为读了《枪炮、病菌与钢铁——人类社会的命运》,美国学者贾雷德·戴蒙德在这部长达482页的著作中就同一问题做出了与那位北京大爷其实非常相近的阐述。

在戴蒙德看来,现代世界经济、政治权力的分布之所以呈现巨大的倾斜,原因可以一直追溯到13000年以前,那时地球上的某些地区、某些民族开始驯化野生动植物,从而由游猎生活转入定居的农业社会。这个转化具有决定性的历史意义,最初的农民们——比如欧洲和中国由此在世界范围的文明竞赛中获得了持久的领先优势。这种优势的秘密说起来非常简单：只有能够生产充足余粮的文明才养活得起官吏、工匠和写字的人。

但为什么有些民族在一万多年就跑在了前头，而有些民族甚至至今还停留在游猎阶段？面对这个问题，常常会有谬论冒出来，当欧洲人用枪炮、病菌和钢铁征服和杀死印第安人、澳大利亚土著和非洲人时，他们认定自己是优等种族，他们天生地更聪明。这种种族主义观点在戴蒙德的书中遭到了雄辩的批驳：实际上，一个在巴布亚新几内亚丛林里捉鱼的孩子倒是有可能比一个天天守着电视傻看的欧洲孩子更聪明，文明领先优势的真正原因在于地理环境。比如世界上可供驯化的主要野生动植物正巧大多都在欧亚大陆，而欧亚大陆沿纬度东西横向扩展的地势又特别有利于技术和思想的传播。

——看到这儿，我们就会觉得似曾相识了：这是"地理决定论"，一种陈旧的、名誉不太好的历史理论。但是，戴蒙德的本行并非历史学，他是一位生物学家，《枪炮、病菌与钢铁》1998年获得了普利策奖的科普书奖，在运用地理学、植物学、动物学、流行病学、考古学等诸领域知识的综合考察之后，地理在人类历史进程中的重要作用不再是一种经验判断，而是一种精密的、具有广泛解释力的科学陈述。

科学是美的，历史也是美的。读《枪炮、病菌与钢铁》的同时，我还读着几本小说，我觉得这本书比那些精心写来讨好我们的小说更好看。它的副题是"人类社会的命运"，这是最壮阔的戏剧，悬念迭出，精彩纷呈。在戴蒙德华丽、畅达的叙述中，枯燥的科学知识变为历史戏剧中的新奇细节，你会惊异地发现，那些习以为常的事物——我们的气候和土地、我们物质生活的各种基本因素，以至我们的语言、我们的疾病，原来都具有如此重要、如此丰富的历史意义。

当然，作为一个中国读者，我真正关注的是中国文明的命运。几年前在什刹海边，我们这些普通市民所讨论的问题实际上反映着整个民族自1840年以来最深刻的焦虑：我们竟然"落后"了，为什么？戴蒙德对此的回答是，我们的运气，或者说我们的"地界儿"并不差，我们处于欧亚大陆的东端，是农业文明的发祥地之一，中国文明在世界上的领先优势持续了近万年，而失去这种优势是最近五六百年的事，以漫长的历史时间衡量，我们也许只是经历着短暂的停顿或挫折。

——这并非自我安慰，而是冷静、客观地重建对我们文明的历史和命运的信心。

《漫画汉书》序言

《汉书》是伟大文化传统的一座纪念碑。作为第二部纪传体史书,它将司马迁在《史记》中的天才独创定型为此后近两千年中国史学的正统思路和体例,并和《史记》一样,成为中国古代叙事艺术的辉煌经典。

如此久远庄严的碑铭难免使人敬而远之。今时今日,有时间、有耐心读《汉书》的人大概不多;由于话语方式和生活情境的隔膜,读《汉书》而能晓畅无碍的人大概也不多。因此,将《汉书》翻译成通俗易懂的白话,再配以活泼趣致的漫画,应该是接触和进入这部典籍的比较简便可行的途径,它可以磨去岁月的苍苔,使《汉书》变得清新平易。

当然,无论翻文言为白话,还是化文字为画面,翻译者和作画者都须以自己的心智理解和重现班固所描述的事件、情境,这实际上是今人与古人的对话,我们力求使这场对话亲切融洽;但我们相信,典籍的生命正在于它包容一代又一代读者的阐释,从而历久弥新,所以我们也努力寻求当代中国人与《汉书》的共鸣之处。毕竟,历史不是活在线装书发黄的纸页中,而是活在当代人的心中。

《汉书》记述了公元前206年至公元8年间的西汉帝国的历史,这一时期在中国古代史上具有范型意义。继秦始皇的暴烈尝试遭到失败之后,大一统的封建制度在西汉二百余年间发育成型,此时的意识形态、社会形态和人格形态持久地笼罩着古代中国。

由于志表部分很难形诸画面,《漫画汉书》只选取《汉书》的纪传部分,这种不得已的取舍也许倒有助于一般读者进入历史。我们面对的是活生生的个性和情境,是古今相似的生存疑难,所以我们能够理解他们,仿佛我们的血正在他们的血管中流淌,正如他们的血正在我们的血管中流淌,历史的悲与喜就尽在其中了。

历史感是一份高贵的诗意情怀,一种成熟的智慧,不管世事多么喧嚣扰攘,总会有人在万丈红尘中默想我们从何而来,身在何处。这部《漫画汉书》的目的也正是让读者感受历史不灭的生命。

用黑色的眼睛寻找光明

——《谁与历史同行》跋

冯伟林先生问:"谁与历史同行?"

掩卷思之,我有两个答案。

答案一:没有谁与历史同行。冯先生笔下的贾谊、魏征、欧阳修、周敦颐、陆游、王夫之、魏源、左宗棠、郭嵩焘等等,这些人恐怕大多已被中国人忘记——当然尚不至于彻底遗忘,看到名字,我们也许还知道那是一位古人,但是我们不会感到亲切,不会感到与他们之间存有温暖的精神联系。

在 2003 年读这本书,我觉得心已苍老,不是因为书中所叙尽是古人古事,而是我知道,我们曾经那么决绝地离开他们,这个民族怀着新生的梦想和青春的激情成为集体的游子,现在,我们已经出走了那么远,已经找不到回家的路,正所谓"纵使相逢应不识,尘满面,鬓如霜"。

当然,没有人真的想回家,我也不认为在古老中国的日落之处存在着"精神家园"。但是,一种隐隐的罪孽感会持续地困扰着我们:对我们的历史而言,我们都是"逆子",我们在文化上弑父弑母,背叛一切、毁坏一切,我们必遭报应。

比如我们失去对"永恒"的信念,我们只活在现在;比如我们无从知道自己是谁,我们的文化失去特性因而失去原创的能力;再比如,我们已经习惯于受到历史中浑浊、本能的力量的支配——

这就有了第二个答案:我们都与历史同行。当我们遗忘历史,当我们拒绝用理性与爱去对待历史,当我们把历史归结为一派黑暗,那么,黑暗就会侵蚀我们。

历史是浩大、混沌的人类活动,无论中外,我们在历史中看到的必是无穷无尽的迷狂、痴愚、委琐、麻木和荒谬;但是,人之所以有历史情怀,之所以要不断回顾,是因为我们寻求和确证人类为从浑浊、本能的历史之流中超拔出来的英雄壮举,当我们向前漂流时,我们的前人在黑暗中发出的点点微光,构成了我们的精神背景,我们由此知道,人有可能尊严、英勇地生活,有可能在生活中实现"意义"。

当微光被吹灭,历史并非不在了,只不过我们是把自己交给了历史恒常不息的流动。在2003年,你打开电视,你看见到处是帝王将相、才子佳人,到处是"历史",那是一种娱乐化的历史,在明亮和喧闹中,我们快乐,我们感受一种阴暗的乐趣:看看吧,古人和我们没什么两样,一样的阴谋诡计、蝇营狗苟,一样的向欲望、权力和恐惧屈服。

——我们以这种方式与"历史"同行。

所以,伟林先生之问其实涉及到一个根本性的疑难:在这个时代,我们有无可能在历史、在漫长民族生活形成的文化中为自己找到如19世纪英国批评家阿诺德所说的"光明",这种"光明"在阿诺德的论述中是一种探究人性完美的热忱,是"让天道和神的意旨通行天下",是"知"也是"行",是从我们的历史和文化中传递下来的薪火,它使我们有力量不被任何工具手段所役使。

阿诺德所处的时代正值英国经济腾飞,如日中天,在当时英国人的心中,机械、铁路、煤炭、自由贸易,总之是财富,构成了那个时代的神祇,谈论历史和文化几乎是一件羞耻之事,人人都"一门心思、一条道儿奔着致富",人人都"相信日子富得流油便是伟大幸福的明证",但阿诺德依然顽强地发出声音:

"想想这些人,想想他们过的日子,他们的习惯,他们的做派,他们说话的腔调。好生注意他们,看看他们读些什么书,让他们开心的是哪些东西,听听他们说的话,想想他们脑子里转的念头。如果拥有财富的条件就是要成为他们那样的人,那么财富还值得去占有吗?"文化就是如此让我们生出了不满情绪,在富有的工业社会中,这种不满足感逆潮流而动,顶住了常人的思想大潮,因而具有至高的价值。尽管它在目前尚不能挽狂澜于既倒,但我们可以期盼它挽救未来,使之不至于变得庸俗不堪。(《文化与无政府主义》)

这里说的是文化,但也是在谈论历史,因为文化之中传承着人类漫长生活的基本的、珍贵的经验,积累和存续先人为达到"完美"所做的思考和行动;没有历史深度的文化是难以想象的,虽然我们已经差不多把难以想象的事变成了现实。

正是在这个意义上,《谁与历史同行》这本书如同寒江独钓,它是对冰封之下依然微弱地游动着的古老精魂的探寻:他们还活着吗?他们能否苏醒?他们是否能够化入这个时代的精神?他们是否能够让我们感觉到生命自有其庄重的意义和完美的价值?

——是的,他们还活着,即使被遗忘、遭轻薄,他们依然活着,这些古人在这本书中深切地感动着我们。不仅因为他们做了什么或没有做到什么，更因为他们在绝对的限制中表现出的信念、勇气、坚毅，他们不屈不挠地献身于自己的责任，这种责任在阿诺德那里是"天道和神的意旨"，在中国传统语境中有一个更简明的词就是"道"。

道统的崩溃是中国文明的空前大变，这场大变的废墟上已是万象更新，因此在2003年读这本书确实不免黍离麦秀之感。但是，历史的智慧就在它让我们知道，一切都不会一去不返，一切发生过的都与我们同在，不管我们是否意识到或是否喜欢。比如现在，读《谁与历史同行》，我就忽然想到，在2003年做一个儒生又当如何？

在我看来，这本书的作者冯伟林先生乃一现代儒生，这主要不是指他在这部书中表现出的兴趣和学养，而是他的襟抱和热忱，他有一种强烈的意识：他所写的正是他的楷模。他根本不是一个历史的鉴赏者和研究者，在他看来，历史就是现在，就是生命的当前境遇，由此我们才能理解他的怫郁不平和闻鸡起舞。

——"士不可以不弘毅"，"天行健，君子自强不息"，"先天下之忧而忧，后天下之乐而乐"，这些苍老的声音在冯伟林笔下重新焕发出活力，那不仅是古人的声音，也是一个人在他的生活和时代中为自己确立的世界观，儒生式的世界观。

但这是可能的吗？做一个现代儒生？道统无存，儒者何为？从贾谊到郭嵩焘，他们如同游侠时代的英雄，而冯伟林岂不是那个后游侠时代的堂吉诃德？

但我们也许一直错误地理解了堂吉诃德的意义。

黑的、消失的、存于记忆的海

刘长春的字应是行草,磊落跌宕,怫郁有不平之气。

从 2000 年到 2001 年,刘长春在《东海》《十月》等刊发表了一系列论书散文,结集为《墨海笔记》,从王羲之直到毛泽东,羽扇纶巾,纵横捭阖,论断古今英雄。这些文章大概是用电脑写的,我现在不敢想象有人用笔写万字长文,但读至神情飞动处,你还是忍不住想,该是用笔,饱蘸浓墨的笔恣肆于雪白的纸,如奔马如激流,痛快淋漓!

所以,刘长春的文章确是"笔记",它有"笔意"。而论断书法史,文章也正该有"笔意"。我也许没有猜对,因为我根本不曾看过刘长春的书法,但我总觉得如此文章该是这样的字。

反过来说,刘长春论书时一再谈到"势",大江东去,风行草偃,皆"势"之使然,写字用势,但不可用尽。文章也是一理,塞天塞地,把话说透说完,再无余意,这就是"势尽"。所以,看完《墨海笔记》,我有个建议,再版时不妨把各篇结尾删去,文章其实也不必"止于当止",正可行止随心,法任天然。

刘长春的遣词造句、布局行文常有古人风致，显见得于故纸堆中浸淫已久。文章有古风，弄不好也是一大矫情，有时在报上看人用僻典、衬虚字、拗臂掰腿，极尽别扭之能事，忍不住就想，他这是干嘛呢？有话好好说，何必如此？我倒是看出来了，他有文化，起码把《谈艺录》《管锥编》翻了个半生不熟，但在钱先生那是博雅，今人强学，只露了三家村学究的酸腐。

《墨海笔记》的好处就在不矫情、不炫耀。谈书法史，既是与今人对话，也是与古人对话，横跨现代汉语与古代汉语之间，两副心肠、两套语法，文字要调和到水乳交融大费工夫。细究质地，刘长春的文章其实也有不调和，但这种生硬不是摆姿势，而是不斟酌，写得急，乘势而下，无暇流连。写到得意处，古韵今声，铿然混响，妙喻纷披，神采飞扬，那种畅快的速度是出于修养，更出于性情。

刘长春论"二王"、论怀素张旭颜真卿、论苏轼黄庭坚、论解缙倪元璐黄道周、论徐渭八大石涛金农顾炎武邓石如、论康梁章太炎，基本视域皆在"出世"与"入世"，他几乎是本能地把每个人物夹进这两扇磨盘之间，他相信进退出处的疑难是古人生命中的根本困境，由此入手可以理解一个人的全部生活和艺术。

我觉得刘长春如此执着于这个思路是借古人酒杯，浇自家块垒，我推断他的字"怫郁有不平之气"正因为他的文章有屈伸难安之意。世事之逼仄、此身之艰难，古今同慨，刘长春有时与笔下人物心心相印、体贴入微，《站立着的人生》写颜真卿、《通人之书》写黄庭坚，生命中的勇毅和无奈、承担和超脱，直有壁立千仞的悲剧力量。

——那是肃穆刚健的大美。在古典人格的理想境界中，一个人生命的一切方面皆合于"道"，政治是道，齐家是道，文章是道，写字也是道，兼济天下是道，独善其身也是道，生命在宏大壮阔、秩序井然的世界中获得充实的意义。

所以,"出世""入世"的角度虽陈旧,但切实合用。古时文人大多是在出入之间的矛盾中确立了他们与世界的关系、他们的人生态度。不过,正由于这个角度在理论上可以涵盖所有文人,用时反而需要特别审慎、细致。谈颜真卿、黄庭坚,谈苏轼黄道周顾炎武甚至康梁章太炎都正可由此入手,因为他们皆为"道统"中人,是儒者,是古代文人中的主流,出入之难对他们来说确是毕生大事。但对于颠张狂素、徐渭八大石涛金农邓石如来说,他们的生命和艺术远不能以"出入"概之,这些人是中国千年文化史上的"另类""叛徒",他们是真正的"边缘"艺术家,他们把自己放逐出古典世界的意义图景,他们逃避了儒者的生命理想,除了他们的字、他们的画,他们找不到恰当的自我表达的言辞,他们的问题不在庙堂与江湖,而是本来就身处于社会、文化和心灵的荒野。

——这是一脉远未被充分认识和阐释的隐蔽的传统,指示着我们民族心灵中某个无声、黑暗的区域。刘长春对这个区域有大兴趣,魏晋以后书家谱系纷繁,刘长春独于狂怪疏野一路流连不止,几乎无一遗漏。他本可以想得更深,但他得首先跳出"出世""入世"的那套话语系统。

《墨海笔记》谈的是书法,而书法正好是我最不敢谈的。字从来就不曾写得好,这些年用了电脑,更不堪提笔。书法对我来说就是街上的匾额,那些匾额倒无所谓字好字坏,而是显示了这家店铺的品位、实力和门路。

但读了这些文章,我忽然意识到,书法在这个时代依然有意义,或者它对我个人是有意义的。当我们废弃纸笔,把与文字的关系改为键盘上的敲击动作,改为在电流中传输的比特时,这绝不仅仅是书写方式的变化,伴随着纸笔,某些重大的文化价值也随之消失了。刘长春的基本立论之一是书即是人,这听起来似是文如其人的常谈,但我宁可从更具体、更富技术性的层面去理解它：笔墨是一个人在生理上、精神上的自然延伸，你提着一支笔，这是自然的，十根手指在键盘上齐舞，这不自然。用笔在纸上写下字，这字无论美丑都是你的，它是你生命中确切的一部分，是你不可抹去的印迹。

——这种人与字之间的生命联系在电脑时代正在失去。当然，这是个文字快速繁殖的时代，没有人，或者很少有人再用十年八年的功夫著书立说，"不朽"的梦想早已消散，语言因而被无度地滥用。在这一切的背后可能有一个最基本的原因，就是我们用电脑写字，文字写在沙上，转瞬即逝，我们对它不再珍惜。

当然，我不想明天就弃电脑而用纸笔，重要的是对我们正在失去的事物保持记忆，这也是在 2001 年，一个人写作《墨海笔记》而被另一个人阅读的根本理由。

撒马尔罕的金桃

——《唐代的外来文明》

此书原名《撒马尔罕的金桃——唐朝舶来品研究》,中译本改为《唐代的外来文明》。查阅博尔赫斯书店的邮购目录,用的仍是原名。似乎卖书者更得神韵:来自遥远的、神秘的撒马尔罕的金桃——久已消逝的气味中浮动着异国情调的想象力。

这是物质史,也是精神史,"舶来品的真实活力存在于生动活泼的想象的领域之内,正是由于赋予了外来物品以丰富的想象,我们才真正得到了享用舶来品的无穷乐趣。"

异域或远方,那里天高地阔,那里的男人野蛮女人妖冶,那里黄金铺地,宝石满山,无边无际的奇花异草之间,珍禽异兽在飞翔和游荡。

——异域或远方通过舶来品介入唐朝人的日常生活,经验的墙壁上裂开一道道缝隙，活跃奔放的唐朝人向外张看。

他们看到的是他们所能看到的。从大唐帝国居高临下的中心地位看去，远方之远遥不可及，异域之异不可理喻，正是在遥不可及和不可理喻之处，一种超出日常生活尺度的想象力，一种放纵、夸张、好奇、豪迈的气质得以生长。

成为当下学术切口中的"他者"是件不体面的事，但对唐朝时的"我们"来说，与"他者"之间的距离提供了壮阔的精神疆域。

7世纪时，唐玄宗尊严地申斥了拒不跪拜的波斯使臣，一千年后，同样高傲的乾隆皇帝又硬按下了英吉利使臣倔强的脖子，这位朝贡贸易体系的伟大捍卫者用这个给西方人留下不可磨灭印象的行动模仿了他的唐代先辈。其时，残阳如血。

再往后，想象的权力转移，中国和东方成为被想象的"异域"。

在中晚唐诗人们的眼里，盛唐舶来品的光辉照耀着那繁华、喧闹、烈火烹油的世界，但正是由于这光辉的照耀，那世界的另一面笼罩着糜烂、衰朽的阴影。

舶来品像钟摆一样在价值的明暗之间摆动，一边是感性，放纵、奢华，冲破生活限度；一边也是感性，是农业社会对一切超出生活限度之物的"原罪"恐惧。

舶来品的价格一向昂贵，你不但要为物品的使用价值付费，而且要为它所附带的想象空间付费。在唐代，这个空间像物品穿越的地理空间一样空旷，"我们"是这里的主人，想象是"我们"的想象。但今天，面对一件洋货，我们是精心预制的想象空间的客人，由一双鞋、一瓶汽水，你可能不由自主地化入了美国人的某个梦境，为此你得付出比国货更高的价钱，其中显然包括了这个梦境的制作成本。

——这是两种不同的移情，人对物品的移情和物品对人的移情。

《撒马尔罕的金桃》，美国汉学家谢弗所著，1963年问世，中国社会科学出版社1996年出版中译本，时隔33年。

目光的政治

——《帝国的回忆》

1858年7月,法国驻华公使葛罗乘普雷吉特号快速护卫舰在山海关附近上岸,他想看看长城。当地驻军立即出动拦截。葛罗的卫队"有12人之多,装备精良",硬闯是闯得过去的,但公使先生此行是"为了满足纯粹的好奇心",没计划找茬打架,便登船返航,他在船上凝视着长城内外"迷人的景色,陷入了遐想之中"。

我们很快就会知道葛罗先生的"遐想"抵达何处,现在先看看这件事中一个关键性的细节:

当我们得知这些在首都门户安营扎寨的清国军人们,竟不知道自己的国家一直与英国和法国处于战争状态时,惊讶程度可想而知。什么广州事件,什么大沽海战,什么停战协议在天津签订,所有这一切他们都一概不知。

一百四十多年后,我们和那些法国人一样惊讶,我们知道那是第二次鸦片战争,英法联军兵临北京门户,但是,就在几百里外,我们的军人竟"一概不知"。

——这就是"沉睡",正是在这种沉睡中,葛罗带着他的兵马在两年零三个月后冲进了北京,在1860年10月9日的《纽约时报》上,大字标题是:

英法联军占领北京西郊
圆明园惨遭洗劫

所以,读《帝国的回忆》(郑曦原编),感觉是郁闷的。这本书的副题是《〈纽约时报〉晚清观察记》,其中编录了自1857年1月到1911年10月《纽约时报》对中国的报道,第一篇就是记述葛罗长城之行的《清国东段长城观察记》,这是富于象征性的开端:西方人在窥视、观察、描述和阐释,这个古老帝国暴露在外来目光之下,而它对这种目光并无觉察,就像那些士兵不知道洋鬼子们所为何来。

看与被看,这是近代以来中西关系的一个核心问题。被看是被动的,看是主动的,你在你家的窗口架一台望远镜,你注视着街上的行人,这时你已经把自己置于一种权力地位,你用你的目光粗暴地侵犯了那些被看的人。《帝国的回忆》就是这样一部看与被看的编年史,经过很多年之后,我们终于可以从被看的位置上走到当年那些观看者的位置上,看一看他们眼中的中国。

当然,我们都熟悉我们的近代史,但通过《帝国的回忆》,我们看到的景象依然新鲜:李鸿章1896年对美国的访问充满了狂欢节气氛;1879年,中国儒生戈鲲化成为哈佛大学第一位华人教授,他在哈佛总共教了4个洋弟子;1908年,慈禧太后死后,一位名叫托马斯·米拉尔德的急性子评论者断言:"大清国从整体上表现出了其社会体制的稳定性,并且清国政治家们在面对紧急事态时表现出了十足的信心和能力。"……

——这本书把我们带到历史的现场,在那里,一切还是混沌不清的,历史的轮廓还未形成,我们看到的是大量诸如此类的细节,其中大部分已经随着时间流逝被我们忘记。

但我读这本书的主要兴趣倒不在掌故,洋人们注视着晚清帝国,我注视着这些洋人,他们的目光有时是卑劣、傲慢的,有时是善意的,有时是冷静的探究,有时纯属没来由的幻觉;他们有时是旁观者清,有时与其说他们是在看我们不如说他们在看自己。

渐渐的,别人的目光终于使我们警觉起来,我们睁开眼睛,开始环顾世界,审视自身,我们的目光与他们的目光相遇,看来看去,对峙和交流,我们的眼睛焦虑、迷茫,燃烧着愤怒的斗志和急切的希望,1911年10月14日,《纽约时报》刊出新闻:《革命军在武昌宣布成立共和制政府》,"帝国的回忆"终结了。

但看与被看的问题还远未终结,这是一种持久的目光政治。编者郑曦原是一位外交官,他在纽约开始编纂这部书,那是1996年深秋的一个下午,"茂密的加拿大红枫灿若晚霞,衬托着曼哈顿蔚蓝的天空"。

浮世、女人与《天演论》

素素编了一本书,题为《浮世绘影——老月份牌中的上海生活》,书编得仔细,印得也雅致,翻一遍赏心悦目。然后我就开始想,何为"浮世"?何为"浮世绘"?何为"浮世绘影"?

此生此世,如漂水上,如飘空中,这即是"浮生"或"浮世"。清代沈复有《浮生六记》,到现代,把"浮世"之感写得最透彻的是张爱玲。谈老上海,开篇第一章总是张爱玲,《浮世绘影》也不例外。张爱玲沉溺于这座城市的一切细节,但是她知道,这一切其实是脆弱的,没有根基、没有理由,这是等着历史的班车开过来的短暂时光,而且她还知道,像她这样的人搭不上那辆车。所以,张爱玲的上海即是"浮世",华丽但不长久。

"浮世"而绘之,是为"浮世绘",那是日本画。江户时代的浮世绘大多绘写世俗的市民生活。这些画十几年前我在大学时看过,结果就不信《文学概论》上的信条了,因为对现世、对生活的执着注视和迷恋同时也可能是彻底的虚无,画家眼中的人间烟火如樱花盛开,灿烂而惨伤，如此灿烂正是为了雨打风吹去。

到了"浮世绘影"，情况大不相同。这个词大概是素素所创，专门用在这本书上的，而看完了这本书，我觉得"浮世绘影"的意思就是旧日的"浮世"在今日的世界绘下了它的影子，素素写道：

> 虽然是一场梦，月份牌终究留下了一道深刻的印记，见证出近代上海市民生活逐步城市化、世界化的进程。

"虽然是一场梦"，这句话是向张爱玲致意，但接下来"城市化、世界化"云云就远比张爱玲所感觉到的更牢固、更有意义，似乎由上海的过去到上海的现在是一个宏大的历史进步进程，一切都有来历、有渊源，历史补发了一班车，把老上海、张爱玲和月份牌一块儿拉到了今天以及未来。

——对此我没什么意见，我只是说在张爱玲的上海和今天被追怀、模仿的"老上海"之间其实是有微妙而紧要的差别。

当然，月份牌里的上海依然有令人心动的俗丽。它本来是广告，现在印在书上，就成了"文化"，成了我们这个时代的一份"意义储备"。哈德门香烟、虎标万金油，这些商品仍在流通，但看着当初的广告也只有今夕何夕之感，并不会想着去买。一百多幅月份牌粗看下来，我倒忽然有个发现，原来在老上海的广告上差不多是没有男人的。也不是一幅都没有，有一幅是集体婚礼的场面，当然少不了新郎；还有一幅是一对情人。除此之外，那些月份牌上还有两头老虎、一只猫、两只狗、三匹马、若干儿童，但它（他）们都是配角或摆设，占据画面中央的一直是女人，永远是女人。

那么男人在哪儿呢？我找啊找，后来终于被我发现了一个，那是在美丽牌香烟的月份牌上，画面前方是穿着两件头泳衣的美女斜坐在海边礁石上，下边有两盒烟、两句广告词："有美皆备，无丽不臻"，但这美女却并未抽烟。然后你仔细看，在美女右后方的海滩上，有个小人儿，那是个男人，穿着泳裤，肌肉发达，一手叉腰，一手高举，高举的手中一根香烟正冒烟呢。用个三十年代的词，两人的"胴体"都黝黑、健康，男人注视着女人，他那雄健的姿势肯定是为她而摆。

这份广告一共贩卖了三样东西，一是香烟，虽然叫"美丽"牌，但显然是想卖给男人；二是异国、摩登的想象，那一男一女都是洋人模样，何况还有阳光、海滩和两件头泳衣；第三就是性。它的创意独特之处在于，它直接把那种欲望的目光表现在画面上，对商品的欲望、对女人的欲望以及对西方的欲望，三件事原来是一件事。诱惑和被诱惑本是由台上和台下、橱窗内和橱窗外所区隔着的，现在双方被放在一个场景中，如同戏剧，引人遐想。

当然这在 21 世纪已经不是什么新鲜点子了，杂志和电视上充斥着诸如此类的广告。但在几十年前的老上海，商品还是蒙着一层温情脉脉的面纱，人们不喜欢这么直接，人们把欲望的对象画在画上，而把充满欲望的目光留在画外。

这就是绝大部分月份牌上没有男人的原因。同时这也是这些月份牌的文化意义所在，它们留下了一份商品与欲望的原始图录。在我们最初的想象中，商品如同女人，对上海的想象其实也是对女人的想象。

所以老上海绝不仅仅是张爱玲的上海，人们借用了她的感觉、情调和修辞，但在骨子里，人们隐蔽的目光其实是穆时英、刘呐鸥、叶灵凤的。把这些男人们和月份牌上的女人们加起来，世界就完整了。

所以，在《浮世绘影》中，我们听到穆时英说：

> 这第七位女客穿了暗绿的旗袍，……脸是一朵惨淡的白莲，一副静默的，黑宝石的长耳坠子……一只白金手表。

叶灵凤说：

　　一件黑丝绒的短外套，鼠色毛织品的旗袍，抱着猩红的大钱夹，咬着丰满的下嘴唇，而两只猫一样圆而黑的眼睛正躲在头发的阴影里得意地笑着。

　　男人眼里的女人是"物质女人"，这些女人被画在月份牌上，"得意地笑着"。在90年代看来，这种笑已不再那么虚无，而是灿烂辉煌，成为坚实的历史连续性的表征。

　　在生活中，我第一次见到老月份牌大概是在1994年。北京的希尔顿饭店开张不久，一层的酒吧灯光幽暗，墙上就挂着一幅幅月份牌；我记得那天晚上有一支爵士乐队演奏，弹钢琴的老人头发花白，黑礼服，系着领结。

　　过了一年，安贞桥附近开了一间玫瑰坊，那大概是北京街上纷纷开张的上海餐馆中较早的一家。店堂里也挂着月份牌，老式留声机里一个女声（周璇？）颤颤悠悠地唱："好花不长开，好景不长在……"现在好几年过去了，这歌还在唱着。

　　而在《浮世绘影》的封面上，一摩登女性手拿一卷书正在沉思，翻过一页，我发现她读的书是《天演论》："物竞天择，适者生存。"这与玫瑰坊里的那首歌构成了关于老上海的记忆中相互竞争的声音。

饮食君子

孟子曰：君子远庖厨。这话让人不舒服，好像君子就该坐在厅堂上等着吃。不过让人不舒服的话总是有道理，这句话的道理是，厨房和厅堂是生活中两个不同的区域，厅堂清洁静雅，而厨房里烟熏火燎，杀气腾腾；厅堂是体面，而厨房应该遮蔽起来，应该看不见。

当然，这很矫情。但我们称为"文明"或"文化"的事情多少都有点矫情，在"吃"这件事上，人要一点不矫情的话就会比任何吃来吃去的动物可怕。

——这通议论是由《随园食单》而起。昔日读周作人译《如梦记》，其中青木正儿《中华腌菜谱》《谈中国酒肴》《肴核》《鱼脍》诸文多次提及《随园食单》，前几天在三联书店购得此书，随手翻翻便觉得有了说话的材料。

此书为清代袁枚所著。袁枚是好吃之徒，但好吃之徒未必能亲掌庖厨，正如球迷无数，能下场踢球的终究不多。袁枚大概是既吃得也做得，书中所列菜式做法非亲力亲为者不能曲尽其妙，应不是文人的纸上谈兵。袁枚是有清一代有数的大文人，考其一生行状，恐算不得孟子心中的"君子"，所以他倒是不怕下厨房。

不过，下厨之前袁枚先列了十四戒条，其中"戒外加油""戒穿凿"等条是对厨子说的，其他倒有六七条是对食客而发，比如"戒耳餐""戒目食""戒纵酒""戒强让"。一条一条看完了，我觉得每一条都应该挂在当今的餐馆和酒楼里。当然，如果每个人都守着这些戒律，我们的饮食业也就不会如此发达。

"纵酒""强让"，这好理解，三百年前的毛病，于今尤烈。现在要说的是"耳餐""目食"。"贪贵物之名，夸敬客之意"，动辄鱼翅熊掌，好吃吗？未必好吃；吃的不是那口肉，是那个名。当然现在鱼翅熊掌算不得"贵物"，物以稀为贵，这世上只剩了千八百只的动物有人也吃，他们是用耳朵吃。也有用眼吃的，呼啦啦摆一桌子，吃不完看着，看完了喂猪，猪肥了宰了再吃，我觉得不如把猪直接养在厅堂里。

写食谈吃是风雅事，不该说这些扫兴的话。但据说现在"饮食文化"昌隆，而"文化"并不只是挖空心思去吃，第一要义是知道什么事应该做，什么事不可做，有些事做了不体面，要有一种尺度感、一套价值观。电视上有个节目要弘扬老北京的小吃，两个主持人挨着摊子饿死鬼般吃过去，最后面对镜头直翻白眼，这叫"文化"？这是吃饱了撑的。

读《随园食单》，我所取的正是那种平正的态度，无论在厅堂上吃还是在厨房里做，袁枚皆知"惜物"。"惜物"是对食物心存敬重，不暴殄、不浮躁，同时也只有"惜物"之人才能生发食物的真味，才能品出食物的真味。

——这就是君子之风了吧，所以袁枚至少在饮食上算得一个君子，他对该问题看得远比孟子透彻，厨下无君子因为堂上是小人。饮食要有"文化"首先是吃的人要有文化，然后做的人才会有文化。孟子的办法是拉一道帘子两边看不见，但撩开帘子看看，两边的人其实是一样的，都是君子或都是小人。

　　说到此，就有个例子现身说法。昨晚出去吃饭，厅堂甚是体面，打开菜单一看，不由得脊背发凉，一串的菜名儿穷凶极恶："酷刑牛掌""铁牢相思"等等，换了袁枚，光看这菜单就得病一场，我没那么敏感，脊背凉过之后就忍不住如此这般点了几样，吃过觉得菜也寻常，名目骇人而已。

　　所以，即使刚读了《随园食单》，人也很容易成为"耳餐"之徒；我倒是肯定不想走进那家餐馆的厨房，那没准儿就是渣滓洞，但远了庖厨你就是君子了吗？

两个世界，相互遥望

——《西行 25°》

2003 年 3 月，潘石屹一行在卫星定位系统的指引下，沿北纬 40 度，西行 25 度，从北京到新疆，横穿中国中西部，他们将记录"中西部人的真实表情，真实生活，以及让人敬畏的大自然"。然后，潘在《西行 25°》（中国社会科学出版社 2003 年 7 月第一版）中写道："现在城里人，各行各业的人都说做事情难，做女人难，做企业家难，做成功的企业家在中国可苦了。我觉得这些都是装出来的情绪。出来看一看西部的农民，他们才真是很苦，比那些天天叫嚷做这个事情难，做那个事情难的城里人，他们要难上几十倍、几百倍，但他们生活得很愉快。"

对此，我基本上不同意，我觉得苦和难不能用一个尺度衡量，各有各的苦，各有各的难。六十年代出生的人都受过"忆苦思甜"的训练，那就是用一种苦否定一切苦，殊不知被迫忆苦思甜也是一大苦。至于更苦更难的人们"生活得很愉快"，该结论更是轻率，当然，从照片上看，那些人大多喜气洋洋，用潘石屹的话说是"发自内心的高兴"，但对这种"高兴"我另有一种解释，就是"村儿里来新人了"，潘一行风一般来了，又风一般走了，乡亲们应酬一番，转过脸去还得面对自己的生活，他们不是特殊种类的人，在苦和难中，他们恐怕愉快不起来。

那一路上，有无数双眼睛，纯洁的、热情的、温顺的、茫然的，枪炮般的照相机对准它们，猎取那些目光。翻阅《西行25°》时，我觉得那些眼睛遥望我们，遥望那个执掌照相机的人，他们大概不知道他叫潘石屹，更不知道在另外一个世界里，潘石屹这个名字几乎是"成功""财富""时尚""品位"的符号，他们的目光与潘的目光相遇，潘怎么想我们知道了，但我们真的知道他们怎么想吗？

正如潘石屹所说："西部和北京、上海、香港这样的大型城市相比，差距还是很大的，不仅是物质的差距，包括所有人的精神面貌也有很大的差距。我在行走的车上常常有一种感觉，就像一个叫《黑客帝国》电影中两个世界的切换。"——这种差距并非始于今日，在1903年或1933年，你从上海西行，也会同样尖锐地感受到差距，这不仅是速度的，也是方向的：一个世界高歌猛进地认同于纽约、巴黎，另一个世界则内向、阴郁地积压着风暴般的力量。贯穿现代中国的过去、现在和未来的一个隐秘关键就是这两个世界的关系：它们如何看待对方，它们如何相处？

潘石屹在历史上的前辈对此并无意识，就像城堡中人意识不到城堡下的沙滩，这也许是现代史上关于幻觉、关于自欺、关于世事无常的最浩大的演绎。很多年后，当张爱玲带着那个摩登、华丽的世界归来时，她为粗糙的人们提供了丰盛的感官和复杂的语调，但是，她的最深处的微弱、尖细的声音最终还是被宿命般地遗漏：凭着天才的直觉，她意识到远方有某种事物正在运动，它使眼前的一切变得不真实、不确定。

对此时的潘石屹来说，中国的中西部肯定是比纽约或巴黎更远的远方，如果他去纽约或巴黎，大概在他周围没人追问为什么，但现在，他要出发西行，就有人问了："要去开发大西北吗？"潘曰："没有。"人又问："卖房子去吗？"潘曰："没有。"人再问："你去访贫问苦吗？"还是"没有"，"那你到底要去干什么？"潘说："什么也不干！"

什么也不干，"就是想出去看一看"，这让我想到一个老旧的词："世界观"——在世界上，观看。我们小时候，世界观问题是个正确与否的问题，但现在，我认为世界观的问题在于是否足够地宽；世上的悲剧和谬误大多源于当事人有一种狭窄而"正确"的世界观，人不能理解生活之繁杂，人性之深微，人类生活价值之纷歧，不能理解历史和现实中暗自涌动的浩瀚可能性，人也就不能真实地认识自己。

在《西行25°》中，潘石屹以玄学爱好者的特有语调说道："人前面的定语越少，限定他的东西就越少，就越能活出他的真实和本来面目。""如果除了IT方面的知识就什么都不懂，或者只是一个商人，除了商业之外的事情别的都没有兴趣，这样你就有好多乐趣体会不到，让你的生命特别的小。"——这似乎是在谈生命、谈"业余文化生活"，但是，鉴于潘所指称的"你"实际上是一个强势的复数，是与"进步""发展""技术""资本"等等这个时代的关键词密切相关的群体，生命的"小"就不能在个人意义上称量，这种"小"必然是总体上的世界观的"小"，是他们高歌猛进的自信姿态中隐藏的致命的"轻"。

在这个意义上，我愿意把"西行25°"理解为一个象征性的行动，通过这个行动，当人们在SOHO现代城里想象世界时，还能隐约记起荒凉的村庄和残破的大地，他们也许能够超越他们"前面的定语"，以更真实、更复杂的尺度理解他们的身份和利益。

——我对此并不乐观。一个社会群体获得一种宽阔的、足够精细的自我意识，以便与历史、与"吾土吾民"和谐相处，这必定是一个漫长过程。在中国，这个过程可能刚刚开始。仅仅三四年前，当我漫无目的地翻阅各种财经报道时，我忽然发现，意气风发的 IT 新贵们在表达和想象时最常调用的资源竟只是金庸和古龙，这就好比法国资产阶级通过大仲马想象世界、理解自我，所幸法国人还没有这么愚蠢和浅薄。

如今，"潘总"西行，留下《西行 25°》，这也许是一种世界观的一次任意的、试探性的拓展，他无疑看到了很多，当然，他没有看到的比他看到的更多，比如他看到了"愉快"，他没有看到泪水……

大地上的标记

在大地之上，你向南飞，或者向西，速度使千山万水长如一本杂志或两份报纸，你从一个城市抵达另一个城市，从楼群、商场、白色马赛克和蓝色玻璃幕墙抵达楼群、商场、白色马赛克和蓝色玻璃幕墙。

你将不能离开，也无从抵达，因为所有的城市都将是一个城市，那柏拉图式的普遍化大城正抹平时间和空间，浩浩荡荡地占据每个古老城市的名字。

然而，在远方，在我们的视域之外，一条木桥正轻盈跨过永泰明澈的溪流，吊脚楼头，桃花源的雨洗净如鳞的屋瓦，清晨新鲜的阳光悄然漫过楠溪江畔的一扇花窗，马头墙投下层层叠叠的阴影，白发老人在阴影中追忆，徽州的繁华已成依稀旧梦……

——那是乡土中国。村落隐于山野，保存着中国人物质生活和精神生活中千姿百态的差异，使时间深远、使空间变幻、使大地上的漫游者永不厌倦。

所以我能够理解那种持久的激情：一群建筑学者、一位摄影家，年复一年地从一个村庄走向另一个村庄,他们如游吟诗人,他们的眼睛喜乐而感伤,他们凝视一切,就像一切明天就会消失,他们所看到的是照在事物之上的最后一缕阳光。

然后,就有了书:《徽州》《楠溪江中游古村落》《武陵土家》《泰顺》——三联书店的丛书《乡土中国》。

我在地图上寻找这些地方,那是一些点、一些细小的线,但是我希望有一张更大的纸,就像圣埃克苏佩里绘制自己的地图那样,把那些沟渠和桥梁、农舍和祠庙、街道和集市,把一弯曼妙的檐角、一段粗悍的石墙、一扇雕镂富丽的隔断,还有某种表情、某种姿态甚至某种难解的乡音,把这一切全都画上。

那将是一张在人的脚下无限伸展的地图。四本《乡土中国》,范围不出南方,肯定还有无数的点和线不曾被走到,不曾被凝视、被记住。看绿阴匝地、小桥流水,我想起西海固群山上巍峨的堡寨、陕北高原的皱褶中繁复深隐的围窑,它们在北方的高天烈日下庄严而忧郁,像某种濒临灭绝的巨兽,是生态多样性的最后证据。

"多样性",这是在我们的文化中长期遭受抹杀的价值。布罗代尔曾说,没有丰富的多样性就没有统一的法兰西。同样,没有多样性就没有五千年的文明中国。但是,巨大的现代性焦虑支配着我们,一百六十年来中国人一直在想象中国:一个现代的、都市的、文明进步的中国出现在历史的远景上,与此相称的,是对古老中国无情的负面想象,它是传统的、乡土的、愚昧落后的,它有一种僵硬的、条理清晰的阴暗本质,因此它应该消亡也必将消亡。

但是,古老的乡土中国不是一块均质的岩石,你只能在想象中把它作为某种理念指认和判断,你不能面对它,因为你的目光将变得柔软、明亮,你将看到一个又一个村庄在乡土中国的灿烂星空下做着自己的梦,它们在呼吸,在执着地编制和传递独特的遗传密码。

每个地方的村庄都是一种珍贵的智慧。在徽州、楠溪江、武陵和泰顺，人群代代相承，与山水相守相亲，在每一个微小的自然细节上人都做出了深思熟虑、天衣无缝的应对。泰顺仕阳镇有一条优美的碇步架设在平坦宽阔，水流舒缓的河面上：

  全长有133米，共223齿，一字凌波而立。齿形平整，每齿分高低两级，高者可供肩挑者或涨水季节行走，低的可容二人相向而行。整条碇步可同时供三人并肩而行，相对的行人可从容让步。建造者在选择碇步的石质上也颇费苦心：高的用白色花岗岩，低的用青石深砌。这种石质与颜色的不同搭配不仅使碇步外形优雅美观，更使夜行者借星夜微光而畅行无碍，洪水初涨，踏浪而行的人们亦能安然渡岸。(《泰顺》第24页)

石在水中，排列如齿，是为碇步。这是最简易的桥，但却涉及到一系列复杂的建造工艺，河流的宽度、河道的变化、水涨水落、稳固性、耐久性、材质的成本效益、通行便利，一切因素都经过最恰当的考量，甚至夜行人头顶的星光都已事先映在了水上。

如此的"建造"其实是"生长"，就像一棵植物，它洞悉它的天地间所有的奥秘，它在此时的风中摇曳是在展示千万年积累的智慧，而传说中最早的碇步建于唐代，至少从那时起，泰顺的河与人与石头与星月风雨就达成了完美的默契。

这种默契在具体的人群和环境之间点点滴滴地形成，但正被摧枯拉朽地废止。黄土高原上，一位老人在他冬暖夏凉的旧宅里对我评论儿子起盖的新房："那房子冷啊，四面砖墙，搭上水泥板。"

我想他不理解他的儿子，这无关冷暖，问题的关键是孩子要像城里人一样生活。

上世纪60年代，另外一位老人在美国哥伦比亚大学口述历史，那应该是一段出走、决裂、革命、进步的历史，但老人的第一句话是："我是徽州人。"

徽州人胡适——老人悲辛交集地确认了自己的身份，这是都市中国向乡土中国的一次致意，带着一缕乡愁、一丝痛楚、一份隐秘的歉疚。中国现代化运动的一位关键人物把自己想象为古老乡土的游子，他离开了它，然后隔着浩瀚的大洋和几十年的时光向它凝望，他看到了什么？

读罢《徽州》，我想我可以像胡适先生教导的那样"大胆推论"，他所看到的不仅是徽州的山水和房屋，还有那种千年相承的生活秩序。

也许是长期的田野调查磨砺了眼光，《乡土中国》四本书的作者都表现出深湛的社会学素养，但也许这本来就是建筑学的题中应有之意，因为人居关系既是人与自然环境的关系，也是人与人的社会关系。一个村庄的建设，是在公共生活和个人生活之间的精心规划、长期调适：路桥交通系统，灌溉和饮用水系统，寨墙等安全系统，书院、学校等教育系统，还有祠庙、广场、交易场所，等等，都必须持续发动广泛的社会参与；即使在一幢民居内部，公共地方和私人地方也有细致、明确的功能划分，反映着家庭内部的庄重伦序。

因此，一个发育完备的村庄必然有着都市里难以想象的绵密的社会生活，那是文化、岁月和具体境遇共同形成的安稳秩序，人在其中不会孤独，孤独的人无法生存。这既严酷又温暖，它的严酷使无数胡适决然远走，但是，当他们废弃了古老的律法、拆散了所有必须遵循的藩篱时，他们知道，他们留下了一派废墟。

荒烟衰草，令人怀黍离之思。读《乡土中国》，一个严峻的、既在书内也在书外的问题是：今天，是否还有来自民间的力量如此持久、如此沉静自信地规划和建设自己的村庄，村庄作为一个社会体系所依恃的价值尺度、精神资源是否已经枯竭？

武陵是传说中的桃花源，千年以上的一位漫游者在离开它时沿路留下了标记：

> 既出，得其船，便扶向路，处处志之。及郡下，诣太守，说如此，太守即遣人随其往，寻向所志，遂迷，不复得路。（陶渊明《桃花源记》）

村庄是大地上残存的标记，分布在通往家园的路上，这四本书是四个标记，但刘郎重来，日暮乡关，我们是否还能找到回去的路？

这个晚上的歌声

好吧,这个晚上,读《漫画情歌》。天上有月亮,还有七八颗星。很多年前,传统中国的男女沉醉于这遍地月光,当然那时的星星多,繁星如沸。

漫画是老漫画,情歌是老情歌。漫画家们当年采集民间谣曲,漫而画之,想必曾有很多人灯下看了,会心一笑。后来也就忘了,这一忘就是六七十年。直到1999年,出版社的编辑在一位老人的收藏中发现了这部选本,《漫画情歌》遂重现于世。

老人名薛汕,已经去世,他带走了他的故事。在我的想象中,那肯定是个好故事:他搜集了上万首民歌,那是在中国的乡镇和田野上曾经飘荡的歌声。在一个偏僻的角落里,这个收集者沉默地守护着这些声音,直到凝固的声音重新流动,直到风把落花吹上枝头。

据说现在是"读图时代",这也是"风吹花上枝",大家一起倒回去做孩子。读《漫画情歌》也是读图,一首歌一幅画,画家有张光宇、邹雅、窦宗淦、严折西、朋弟、孙之儁、马得六位,其中张光宇、马

读无尽岁月 | 115

得均有大名,画自然是画得好;不过我喜欢的还是那个名叫窦宗淦的画家,此人生于 1915 年,1992 年去世,在他的后半生,窦氏在上海美术制片厂画动画片,《小猫钓鱼》《胖嫂回娘家》什么的,我想我应该看过,但现在已经忘了。

这个被遗忘的画家使我记起北方的大地,夜色深沉,远处有一点孤弱的灯光,纸窗上映出姑娘的身影,她在缝纫,哀怨的歌细如针线;一个喝醉的汉子从村街上踉跄走过,浪荡着嗓子吼一句"要分离,除非是天作了地"。

其实我并没有什么乡村经验,但对窦宗淦笔下的华北平原我却感到亲切,那是"吾土吾民",是祖辈生息之处,他们的日子生动、磊落,便是泥泞中也自有一种平正喜乐。

读图却读出了岁月、山河,这似乎是化有趣为无趣。其实正是在岁月之长、山河之远的对照中我们更能看出事情的有趣之处。比如,在传统中国的民间情歌中,作个情郎不容易。你在河边或街上逛呀逛,小妹妹扒着墙头、隔着花窗望啊望,所以你无论如何不能是个近视眼,你要用拉得很长的目光与那一双眼睛交谈;然后你就得学猫叫或鸟叫,向屋里的妹妹打信号,你还得时刻准备着,像兔子一样跑,她家的大黄狗在后边追呢。

这个过程的高潮是海誓山盟,但上了山顶下山坡,这个男人通常就渐行渐远,他竟走了,他竟再无消息,他的背影在女人无尽的守望和咏唱中化作一个坚硬的、不可穿透的黑点……

尽管六七十年过去,换了人间,但我们和前人对爱情的体验仍有一致之处,我们都认为爱情是困难的、珍贵的,也是特别脆弱的,一个人在爱情的废墟上孤独无助的守望总能使我们为之低回:

这不是他吐的唾沫? / 那不是他磕的烟灰? / 这不是他照的影

儿坐的位？

也许此时，在某个幽暗的处所，某个荒腔走板的嗓子也正对着话筒唱：想念你的吻、想念你的微笑、想念你白色袜子、想念你淡淡烟草的味道……唱着唱着，她就会心头发酸，她还真的把自己感动了。

但现在的歌洁净、光滑，袜子是白色的、烟草的味道是淡的，多么雅皮！这正好有隐约的刺激却不是尖锐的疼痛，它是轻的，轻得足以把生命中浓重的气味化作一缕闲愁。相比之下，那个许多年前在人去屋空的一派凌乱中寻寻觅觅的女人，她的歌声有内在的宽阔，对这芜杂尘世的诸般事物她都如此相亲，这是对生活和生命绝对的珍惜和执着。

于是，我们和前人到底还是有所不同了。在2000年的每个夜晚，都市里风月无边，男男女女在歌唱，每个人都凭着记忆和技巧复制另一个人的歌声，有时复制得接近完美，有时差不多是鬼哭狼嚎。"爱情"是这不约而同的深夜合唱的重要主题，如果你穿过每一家歌厅的走廊，你会发现无数的人都在叹惋逝去的时光、旧日的恋人，他们在几个小时的惆怅中变成了瘫在皮沙发上醉醺醺的虚无主义者。

虚无，这就是我们与前人的分界线。在民间情歌中，当然也是彩云易散、人事无常，但那些歌唱者从不虚无，爱和恨、相聚和分离、忠贞和背叛，在他们心中如大地上的时序轮替、春种秋收，无比真实不可亵玩。他们血气翻腾地欢乐、锥心刺骨地思念、肝肠寸断地哭泣，所以他们誓言："我丢你，青冰上开一朵牡丹！"而我们呢，我们还真不好意思这么说，在我们的世界观中，碧青的寒冰上遍开着牡丹。

我们何时、为何变得虚无？我们为什么在歌唱中感到人世一派苍凉、自己无比可怜？我不知道。我知道的是，廉价的虚无主义者必然也是彻底的实利主义者，那个名叫卡拉OK的怪物是由日本人发明的，

读无尽岁月 | 117

这并非偶然。

那么，在这个晚上，读《漫画情歌》。实际上我不仅在读，我一直在努力而徒劳地听，那些画面、那些词句，鲜活生动，但其实是被腌制的鱼，它们需要水，当它们被那种方言、那种曲调唱出来时，真有惊心动魄的大美。

在甘肃河州的花儿会上，我曾听到过那样的歌声，我听不懂词，那是纯粹的声音，用山养出来的嗓子，向着山唱去。一曲唱罢，我问那黯然神伤的姑娘："你会和那小伙子结婚吗？"姑娘淡然一笑："丈夫是爹娘给的呀。"

我无言，只觉简明、朴素的生命有刺目的浓艳。

《漫画情歌》的语音和曲调我们可能永远听不到了。我们遗忘了许多不该忘的事物，过去的世界因此失去了丰富性，我们的生命也因此变得贫瘠。当然我们还是记住了一些东西，比如在大众文化中其实是有很深的根扎向过去，那是玉阶空伫、翠袖轻寒、浅斟薄醉的古典文人传统，纤巧、脆弱，如电如露如梦幻泡影，它使一种自怜自恋的虚无主义获得了精致的语言和美妙的滋味。

但是，就在此时，在遥远的黄河边，可能一个农民正望着茫茫夜色，忽然就扯开嗓子唱道："我把我的尕肉肉呢么想——着！"就这么一句，无头无尾，戛然而止，天地间仍是一派安详，似乎从不曾被这声音惊动……

读《漫画情歌》，我感到与那汉子有了亲切的联系。

山上宁静的积雪,多么令我神往!

——台湾版《走过西藏系列》序

一

在《尼赫鲁自传》第六章——"结婚和喜马拉雅山中的探险"中,尼赫鲁写道:

克什米尔的高山和山谷深深地吸引了我,我决定不久就回去游览。我定过许多计划,打算过许多次旅行,其中一想起来就使我高兴的就是准备去游历西藏的名湖玛纳沙天池和附近积雪的凯拉斯山。这是十八年前的事了。直到现在我始终没有去过这两个地方。甚至克什米尔我尽管怀念也一直没有去旧地重游。我忙于政治和社会活动,走不开。我用坐牢代替爬山渡海以满足我的游历热。可是我仍然定计划,这是一种虽然在监狱中也没有人能禁止的快乐。而且除此之外,在监狱中还有什么事可做呢?我常常梦想有那么一天,我漫游喜马拉雅山,越过这大山去看望我所向往的山和湖,然而年龄不断增加,青年变成中年,中年以后的时代更坏。有时我想到也许我将要衰老得不能去看凯拉斯山和玛纳沙天池了。这种旅行即使走不到目的地也是值得一试的。

这些高山出现在我的心头，

山虽然危险，染上了玫瑰色的晚霞，多么美丽。

山上宁静的积雪，多么令我神往！

又过了很多年，我在一个朋友的小说里读到了这段话，我从中感到了一种"中年"气味：到中年，我们终于知道某些事物远在我们自身的界限之外，比如凯拉斯山和玛纳沙天池。

凯拉斯山即是冈底斯山脉的主峰冈仁波齐雪山，而玛纳沙天池是冈仁波齐附近的玛旁雍错圣湖。

二

2003年春天，我一直在读马丽华的书：《藏北游历》《西行阿里》《灵魂像风》和《藏东红山脉》。

在南京，在俯瞰玄武湖的饭店房间里，每天晚上看着一场战争渐渐临近，我断定电视机前所有的人和我一样，被琐碎、冗长、注定无意义的延宕拖得疲惫、厌烦。深夜关上电视时，一种邪恶的怒气猝然涌上心头：如果它要来，那就快点来吧！

然后，我读《灵魂像风》，我听到马丽华说：

假如我是神，我会使他们如愿以偿。

回到北京时,战争打响,大众传媒的盛大狂欢终于正式开始,亿万双眼睛注视着荧屏,注视着杀戮、背叛、怯懦、愚蠢、傲慢和欺骗,摩西十诫,几乎每一诫都被公然践踏,而一切愚行和不义都被"观赏",亿万双眼睛是多么热切又是多么冷漠,"战争"填充着我们卑微的日常生活,当它迅速结束时,我们意犹未尽。

与此同时,我读完了《藏北游历》《西行阿里》《藏东红山脉》,我在文字中穿越高山和草原、寺庙和村落,结识农夫、牧人、巫师、僧侣和神祇……

三

马丽华属于一个漫长的人物谱系,这位山东女子1976年二十三岁时进藏,直到2003年。她是行走者,是书写者,尽管她自己很可能不愿承认,但她还是一个"发现者"。

"发现",这个词辉煌而幽暗,其中包含着现代精神的某些根本疑难,"发现"是知识的增进,是理性和进步,是观察和讲述,但"发现"也是一种蛮横的权力。

对西藏的现代意义的"发现"可以追溯到葡萄牙在印度的传教士安德拉德神父,他和马奎斯修士于1624年启程,开始西方对西藏的首次探险,他们抵达了阿里,一路艰苦卓绝。此后三个多世纪,西藏抵御着纷至沓来的"发现者","发现"的一方和"被发现"的一方同样顽强;在这种对抗中,造物主站在西藏一边:那里的自然条件构成了坚固的屏障。

西藏的"发现"史是整个中国的"发现"史的一部分,这个过程伴随着西方的帝国主义和殖民主义规划，也伴随着以理性和科学对古老民族的灵魂世界和生活世界进行全面的"去魅"和"启蒙"，其中一个重要方面，就是对山河大地的地理学探测和描述。

1907年，瑞典探险家斯文·赫定来到冈仁波齐雪山和玛旁雍错圣湖，在佛教和印度教的世界观中，前者是须弥山，是世界的中心、众水之源，是众神居所，而后者是永恒的、洗净一切罪孽的湖；然而，在《亚洲腹地旅行记》中，我们看到那山那水被斯文·赫定还原为纯粹的自然地理现象，笼罩其上的神奇光环被驱散，山就是山，水就是水，在一个以人为中心重新组织起来的世界里，它们等待着被认识、被征服、被利用。

——这就是"发现"的真义。在中国，五四运动之后，所有知识分子都是"发现者"。斯文·赫定1927年后的历次考察是在中国知识精英的支持和参与下进行的，其中包括胡适、刘半农这样的新文化运动领袖。"发现"从一种必须防范和抵御的异己力量逐渐演化成为建设现代民族国家的内在冲动，"发现者"由早期的外国教士、商人、外交官、军人和冒险家，转变为本土的知识分子以至民众。

2000年，我曾参加一次沿黄河行走考察，我的行囊中始终携带的一本书是《亚洲腹地旅行记》，在很多地方，我都在寻觅和印证斯文·赫定的足迹，有时我甚至觉得自己所做的不过是对斯文·赫定的滑稽模仿。而在《西行阿里》中，马丽华写道：

> 斯文·赫定的旅行和事业总是充满了艰辛危险。在那曲地区旅行时，我就关注他的行踪，也处处与他所记述的相印证。为此，我在赞颂自己善良、温和的同胞的同时，也不得不钦敬那些为了事业甘愿吃苦冒险的西方人。我所看到的中国科学院青藏高原综合科考队的专著《西藏地貌》等大书中，还多处沿用了斯文·赫

定当年的测量数据。

是啊,不管是否愿意,我们得承认,我们是"发现者"谱系中的枝叶。

四

但西藏是中国"发现史"上极为特殊的章节。对中国人来说,它在 20 世纪经历了两次"发现",我把两位女士作为这两次"发现"的标志,一位是马丽华,另一位是刘曼卿。

1930 年,时任南京国民政府行政院文官处书记官的刘曼卿女士受命只身赴藏,恢复中央政府与西藏地方的联系,虽"道路梗阻,积雪没胫,盗匪充斥,其间屡濒于危,而女士以不屈不挠之精神,排除万难,卒获达使命而返",随后,著《康藏轺征》一书以志此行。

刘曼卿的父亲为世居拉萨的汉人,母亲为藏族,1911 年举家迁往印度,1918 年到北京,这年是五四运动的前一年,刘曼卿十九岁。于是,我们在《康藏轺征》中看到的是一个典型的"五四青年"。她的眼光完全是现代的,着意之处在理性、教育、妇女解放、社会发展,她对西藏并无任何浪漫情怀,支持她"排除万难"的,是五四式的"救亡"激情和英雄气概。

鉴于刘氏本人有藏族血统,又在西藏度过童年,她的这种姿态尤其耐人寻味。它强烈地预示着中国巨大的现代化进程对西藏的主流认识取向:西藏是前现代的,亟待唤醒和改造,就像整个中国都亟待唤醒和改造一样。

这种取向1949年后在马克思主义的社会历史论述中得到了确认和强化：西藏是封建农奴制社会，在历史进步的阶梯上远远落后……

——这是第一次"发现"，也是持续至今的"发现"。在《西行阿里》中，马丽华无意之中提供了一个有趣的例证，同行的一位藏族人类学家，"自小便在母亲襟抱里远行数千里从康地前往拉萨朝过圣，幼年时便在寺庙里注过册，在浓厚的宗教氛围中长大成人"，如今"却以异乎寻常的冷静眼光和理性头脑接纳一切见闻"：

  这位训练有素的学者，兀自走得太远："子不语怪力乱神"。他就时常认真地批评弟子们的不严谨，说我们神神道道，陷入传说不能自拔。他也进寺庙，也了解传说，但用的是知性的眼光和耳朵。每每看到汉人和洋人们拜神灵偶像，大大地不以为然："雪山湖泊本无生命，人们赋予它们灵性罢了。"

——看到此，我不由得想起了斯文·赫定，想起了刘曼卿。
但是，在同一段中，马丽华还提到了一群"虔诚"的汉人和洋人：

  年轻人们的车却久久不至。后来才知道是月光下的土林迷住了他们，不仅停车欣赏，且举行了虔诚而浪漫的拜祭仪式，此后每到一寺院一圣地（山，湖，神奇风光），皆如是。非西藏人虔诚起来比之佛教徒犹有过之。不久连南希教授也屡屡施行跪拜大礼。

——这些人的"虔诚"从何而来？很难想象回到自己的生活后他们会依然如此"虔诚"。

五

第二次"发现",始于上世纪八十年代,有趣的是,这一次的"发现者"主要不是科学家、理论家和政治家,而是文学家和艺术家。

1985年,扎西达娃发表短篇小说《系在皮绳扣上的魂》,第一次,西藏以神奇的形象进入汉语文学。在更广泛的意义上,正是通过这篇小说,中国人发现了感受西藏的另一种取向:西藏不再被置于进步—落后的客观历史逻辑之中,西藏与灵魂有关,它不再是等待改造的对象,而是昭示着神秘浩瀚的可能性。

于是,一个新的西藏被"发现"。如果说,第一次"发现"将西藏纳入我们自身,通过科学的和社会历史的论述,它被合理化为普遍秩序的一部分,那么现在,西藏又被重新放回了"远方"——

在陈丹青的绘画中,对人物和景色的注视隐含着差异性的敏感,画家和对象之间存在深远的空间,画家谨慎、恰当地保持距离,以便玩味这个空间的复杂含义。

这个空间在马原的小说里转化为无穷无尽的叙述圈套,在拉萨纵横交错的街巷中,你永远不会找到真凶、真相或决定性的线索,但是,你始终谛听着迷宫中心那头怪兽的喘息。

——西藏成为梦想与遥望与寻觅之地,这种寻觅不是为了印证我们的"有",而是为了印证我们的"无"。在历史和时间之外、在难以逾越的高山中幸存的这片地方,成为我们精神上的"异域"。

这种"异域"生成于八十年代生机勃勃的精神气氛中,它在根本上是对我们自身的开拓和探索:在《系在皮绳扣上的魂》中,我们看到了一个马尔克斯化的西藏，从而"发现"了马尔克斯式的自我；同样，在马原的小说中，我们看到了博尔赫斯式的西藏，也"发现"了博尔赫斯式的自我。

博尔赫斯或者马原的小说有一种形而上学的恐怖，叙述谋杀了事物的实在；八十年代，我们由此惊奇地发现了小说艺术的可能性，但我们同时可能摒弃了事物的温度、呼吸和生命，叙述成为华美的暴力，它的成功是事物的死亡。

所以，与其说我们通过小说"发现"了西藏，不如说我们发现在西藏便于施用某种文学想象和修辞。马原至少还在西藏待了几年，很快我们就意识到，几年或几天甚至一天没有对小说家们并无差别：有位朋友，从未去过西藏，也写了几篇西藏故事，据我所知，还真的没人看出破绽。

——而马丽华把西藏从宏大叙事和形而上学的玄想中释放出来，她恢复了、准确地说是建立了一种对西藏的经验视野，她带领我们看西藏，看没有被各种叙述所伤害、所遮蔽的西藏。

六

《藏北游历》《西行阿里》《灵魂像风》《藏东红山脉》，马丽华在二十几年时间里行于西藏的东西南北，写下这四本书，一种体验西藏的新方式由此形成。

早期探险者的动机互有差异：为了传教、为了商业利益、为了帝国主义扩张，或者像斯文·赫定那样为了求知，像刘曼卿那样为了现代民族国家的事业；但有一点他们是共同的：他们真的都不太在意自己，他们将一切艰难险阻、一切成功和失败归附于某种宏大的意志或意义。

我曾读过《鞑靼西藏旅行记》，两位法国传教士1844年从赤峰出发，行经蒙古、宁夏、甘肃、青海，于1846年抵达拉萨，他们盲目、孤独地穿越陌生的世界，每一步都吉凶莫测；然而，这部书居然写得如此质朴、超然，似乎他们从未意识到自己正在进行英雄壮举。

还有斯文·赫定，在20世纪90年代他有众多的中国仰慕者，他被想象成浪漫的英雄，但是，读他的书，我所感到的是优雅的自制，他当然是高傲的，但那是被内心深处的尺度感精确平衡着的高傲，他知道自己所做的一切有意义，但这种意义绝非止于个人或归于个人。

正是在这一点上，我们可以看出第一次"发现"和第二次"发现"的重大差别，在20世纪80年代，"发现"已经不是为了补充、拓展某种外在于我们自身的宏大图景，"发现"的意义只能在"个人"层面上确证。

马丽华的四本书提供的就是一种"个人"叙事：

> 远行者，一个总是出远门的人，用了人生最美好的二十年时光奔波在高天阔地的山野间。是漂泊地，也是归宿地。五年前的藏东山地牧场，那个冬日的黎明，我们将要踏上归途。山野冥蒙中，牧民在冬窝子里为我们烧茶送别。铁皮炉里的牛粪火闪亮，映照着一张张如大地如岁月的脸庞。酥油茶的浓香溢满了小小的空间，这是前方漫漫长途的最后温热，如诗如画般铭刻在心底了。这诗画的最后一幕，是曙光微斓中，与那些一生可能仅谋一面的牧民男女们互致祝福挥手告别的情形。
>
> 那一刻，我觉得生命中有些什么正离我而去，永远地融入了那片冻土地。(《诗化西藏——〈走过西藏〉第四版后记》)

在这幅图景中，处于中心位置的是"我"，这个"远行者"，她在漂泊，她在漂泊中找到了"归宿"，而这"归宿"并非是某种地理、文化或生活事实，而是"生命"，生命因漂泊而如诗。

很难想象斯文·赫定或刘曼卿会这样自我表述，而马丽华由此确定了一种新的意义模式，至今盛行不衰。

七

"漂泊"，这是马丽华的写作中的关键因素，对于西藏的发现史来说，它也是一个新的因素，第一次，人在那片大地上的行走仅仅是为了用身体去经历，为了身在现场，漂泊本身就是归宿、就是目的。

在这个时代，通过电视和网络，人间万象在我们的眼球上清晰映现，我们在千里之外观看任何一处现场。但尽管如此，身在现场的意义还是非同寻常：我们本能地承认在场者的权威，这种权威来自他们的身体，在一场电视转播的战争中，相对于演播室里夸夸其谈的专家，我们更相信战地记者，因为他们在那儿，我们相信身体胜过相信任何理念。

当然，我们常常忘了，在场者同样会一叶障目，会分拣和歪曲事实，他们很可能利用在场的权威施行欺骗，他们会背弃自己的身体：关闭眼睛、皮肤和直觉，让成见滔滔不绝地向外流泻。

而马丽华，用佛家语说，此人有天生的"澄明"，一种直接触及事实的能力。

很多作家都有这种能力，比如托尔斯泰，他烛照入微，一切浮辞伪饰都逃不过他的法眼，但托氏的能力可谓以天算胜人算，是绝伦大智,而马丽华的能力则来自罕见的热情和善良。

读这四本书,我认识了马丽华:她是如此热情,她在热情鼓荡下外向——她惊叹地接纳眼前的一切,她不是一个缜密、细致、冷静的观察者,相反,她总是很匆忙,这种匆忙不是草率,而是遭到巨大的、缤纷灿烂的景象的轰击,她在快乐地招架。她的身上澎湃着放任的感性力量,她也思考,她也有观念和成见,但是,当身在现场,当事物从四面八方扑来,她常常忘了思考,她张开她的所有感官喜乐地体会;她是善良的,这不是说她的头脑里有铁一般的道德律条,而是她对人、对事物怀有一种小心翼翼的爱,她唯恐伤害一切,她不忍"批判",甚至不忍"深思",因为她本能地觉得任何归纳、演绎、追究和揭破都是对人、对事物极不厚道的侵犯⋯⋯

人类学家格勒和周星都曾谈到马丽华的"文化相对主义",认为她的写作体现了现代文化人类学的这一根本立场,但我认为,马丽华是一个天生的文化相对主义者,即使她没有受过有关的学术熏陶她也会是,我宁可把她看成她本来就是的那种人:她是诗人、是文学家,而诗与文学的根本要义就是尊重和理解他人的真理,就是将世界从使它干涸的种种意识形态下解救出来,恢复它的丰满和复杂。

正是在这个意义上,马丽华的漂泊与行走与"生命"有确凿的关系:远行者虚怀若谷,她是"空"的,她用身体感受世界的皮肤和温度,她接纳生命的一切可能性,由此,她的生命壮观、充盈。

也正是在这个意义上,马丽华标志出对西藏的第二次发现:斯文·赫定或刘曼卿绝不会像她那样观看西藏,他们都是被强大的先在理念所支配的英雄,他们必定有力地筛选和编纂自己的所见;而马丽华通过她的执着行走,将扎西达娃等人开启的文学叙述扩张为经验的盛大狂欢。

于是,几乎是第一次,汉语世界的读者直接面对驳杂的、近于真实的西藏：它的神界和人界、精神生活和世俗生活、它的可理解和不可理解、它的亘古长存和流动不居……

八

2003年的4月，我偶然行经北京的后海，这是一片相对完好地保存了北京旧时风貌的区域。在这个城市，"现在"正饕餮地吞噬"过去"，后海如同孤岛，维系着我们与前人、与千百年民族生活的联系，让我们感到时间原是有来处、有纵深。

这个春夜，后海正灯红酒绿，它变得妖冶、暧昧，都市新贵们以混乱、矫饰、自鸣得意的趣味改造着这一地区——经过一间又一间酒吧，我猜想一幢幢房子里可能多少年前居住着诗人、武士和朴素的百姓，我知道至少其中一间住过郁达夫，一个朋友曾在那酒吧的洗手间里告诉我：咱们正在郁达夫家里撒尿。

然后，我在银锭桥头看见了"西藏"：巨大的玻璃窗内，琳琅满目地堆积着西藏风格的家具、佛像、面具，木门半掩，门内，明亮的灯光炫耀着一地鹅卵石，它们会不会崴断了细长的鞋跟？

——来到这酒吧，就来到了西藏？

这时，我想起了马丽华。我知道，后海岸边的那间酒吧与马丽华有关——她为上世纪90年代大规模兴起的"西藏热"提供了重要动力。1994年，马丽华将《藏北游历》《西行阿里》《灵魂像风》合为《走过西藏》出版，她对这部书的市场效应本不敢心存奢望："我何尝不知，这类题材的边远，文化情景的隔膜，按以往的经验它很难进入大众社会。"（《诗化西藏——〈走过西藏〉第四版后记》）

然而,"以往的经验"失效了,《走过西藏》竟成了畅销书,某种程度上因为这部书的刺激,"西藏"本身也迅速成为重要的时尚文化元素,到 2003 年,在中国的城市,"西藏"成了飘扬在成功、金钱、欲望和迷茫之上的华美旗幡:谁不曾神往地谈论西藏?谁不曾去过西藏或要去西藏?谁没泡过西藏风格的酒吧?谁没看过有关西藏的书或杂志或电视?谁不曾在某个瞬间为对西藏一无所知而自卑?

所有这一切,我无意在此申说,那将是复杂、庞大的论题;我有兴趣的是,马丽华对此作何感想?

是的,马丽华是善良的,她从来不忍伤害事物,我相信她会像她曾经说过的那样再说一遍:"国人渴望认识我们的西藏,并由此推进了民族间文化间的了解和交流总是好的;我心目中的西藏由此广为人知并引起普遍的神往总是好的。"(同上)

但是,当西藏被论述和界定出某种化石般的文化本质,并因此成为一种消费品时,马丽华在想什么?

九

在第一次"发现"中,西藏被指认为"落后",它在第二次"发现"中却获得了辉煌的精神光环——马丽华在《西行阿里》中对那群虔诚者的描述在我看来意味深长:我们来自充分现代化的世界,西藏是我们"发现"和保留的跪拜之地,是我们精神上的公园或后院,我们热爱西藏,我们热爱它的方式是希望它永恒不变……

但这是道德的吗?我们的根本动机不是自私和蛮横的吗?在马丽华的书中,一位美国女士在西藏"什么也看不见,除了美丽",这当然是她的自由,但西藏有义务永远、彻底地向外人、向游客表现它的"美丽"吗?该女士还说,"干预和帮助之间的区别在于对方是否寻求",话是不错,但如果你看到的只有"美丽",你又怎么能听到对方是否寻求?当我们企图把一种文化、一种活生生的民族生活从现代化进程中"保护"起来时,我们是否仅仅为了满足我们的"美感"?我们难道通过这种方式将西藏在巨大的全球化体系中隔离在被观赏的地位?

——这些问题很难有清晰的解答,但是,它们肯定暗自困扰着马丽华。在《灵魂像风》中,马丽华写道:

在我回顾描述了仍在延续的传统人生,记挂着那些悠久岁月中的村庄和寺院,那些人影和音容时,一种忧郁的心绪漫漫开来。我觉得心疼。觉得不忍和不堪。从什么时候开始,一种不自觉的意念从脑海深处渐渐上升,渐渐明晰。浮现于海面,并渐渐强化起来。我凝视着它——这是对什么的不以为然。

不是对于生活本身,人群本身,不是对于劳作者和歌舞者,甚至也不是对于宗教。

是对于灵魂和来世的质疑吧——是,或者也不尽然。

灵魂和来世的观念尽可以存在,与基督和伊斯兰的天堂地狱并存于观念世界。

只是,灵魂和来世观念如此深刻地影响了一个地区一个民族,如此左右着一个社会和世代人生,则令人辗转反侧地忧虑不安。

——谁从中获益?

——老百姓本来可以过得更好一些。

——人生,造物主恩赐于人的多么伟大、丰盛的贵重礼品,你其实只有一次生命。纵然果真有来世,也应该把今生看作是仅有的一次。

——缺乏的是一次人本主义的文艺复兴。

在理论上提出和展开问题并非马丽华所长，我完全可以逐条反驳她的疑问，而且我自信可以巧舌如簧，说得漂亮；但她的犹豫和诚恳使我感到虚弱：我知道我的巧辩是完全不负责任的，但马丽华却必须负责任，当她提出疑问时，她是"西藏的马丽华"，她已经把青春、把大部分生命交给了那片土地和人民，她的疑问也是针对自身的反诘。

《灵魂像风》因此成为这四部书中最具深度的一部，马丽华揭开了西藏的光环之下真实的躁动和困境，在这部书中，她无意中呼应了先行者刘曼卿的声音。

是的，老问题至今仍在，它被马丽华、被那位"不语怪力乱神"的藏族学者从西藏的内部深切地体会着。

尽管取向不同，但第一次"发现"和第二次"发现"同样源于我们的现代性冲动和焦虑，正是第一次引发了第二次，"西藏热"在上世纪90年代的兴起，只有在中国巨大的市场化浪潮的背景下才能被充分理解——这是我们在"进步"的道路上高歌猛进时对自己做出的文化补偿，这种补偿本就预设在现代精神之中。

那么，西藏呢？难道西藏应该成为这种文化上的补偿品？

西藏一直是孤独的，马丽华也是孤独的。这个以漂泊为归宿的人最终发现，即使在西藏，人也无法安顿自己的灵魂：

> 深夜拥被独坐。脑海和心怀一派空虚。突然间，一个念头不期而至——
>
> 你何时才能结束心灵的流浪？（《灵魂像风》）

——这时，她是否看出了我们所有的人：向往西藏的人、前往西藏的旅游者和跪拜者,我们心中深藏的不可救药的空虚和自欺?

十

于是——

西藏的高山和山谷深深地吸引了我,我决定不久就去游览。我定过许多计划,打算过许多次旅行,其中一想起来就使我高兴的就是准备去游历西藏的名湖玛旁雍错和附近积雪的冈仁波齐山。这是十八年前的事了。直到现在我始终没有去过这两个地方。甚至西藏我尽管向往也一直没有去成。我忙于工作、赚钱、看电视以及生儿育女,走不开。我用日复一日的生活代替爬山渡海以满足我的游历热。可是我仍然定计划,这是一种虽然在日常生活中也没有人能禁止的快乐。我常常梦想有那么一天,我漫游喜马拉雅山,越过这大山去看望我所向往的山和湖,然而年龄不断增加,青年变成中年,中年以后的时代更坏。有时我想到也许我将要衰老得不能去看冈仁波齐和玛旁雍错了。这种旅行即使走不到目的地也是值得一试的。

这些高山出现在我的心头,

山虽然危险,染上了玫瑰色的晚霞,多么美丽。

山上宁静的积雪,多么令我神往!

卷 三

案头日本

枕边书

在书店看到《枕草子》，翻了翻，放下了。临出门时，想了想，觉得心里放不下，回头去找《枕草子》，一边劝自己说：还是买了吧。

其实是不必买。《枕草子》我读过，那是人民文学出版社九八年版的《日本古代随笔选》，所收的亦为周作人译本。现在这册《枕草子》中国对外翻译出版公司《苦雨斋译丛》之一种，纸厚重，版式疏朗，裁得却急躁，页边起了毛，不过也有毛糙的趣味。据编者说，这个本子完全依照周作人原稿，而《日本古代随笔选》"译文、注释改动之处颇多"。我不曾将两个本子对勘，但尊重译者的原稿是应该的，而且，《枕草子》也应该有单行本，因为这个书名的意思可以解为《枕边书》。

枕边之书，枕边写或枕边读。它的作者清少纳言生活于10—11世纪的日本，在中国正当宋朝的太祖、太宗年间；她曾经作过皇宫中的女官（日本的皇宫中没有宦官，由命妇或贵家小姐陪侍，这一点更像欧洲），在晚年清寂的日子里，忆起昔日无边风月，点点滴滴，随手记下，无组织无规划，我猜想是在一张张笺上写了，长短由之，并不在意的。

就因了"不在意",文章真是好,是那种素面朝天的明净、妩媚;当然这也借了周氏的译笔,知堂老人文字本来淡远,译《枕草子》是相得益彰,这样的作者正碰上这样的译者,也是千年一遇的因缘。

日本现代有"私文学",大抵是写私人生活的小事情、小感觉,其源头我觉得可以追溯到《枕草子》和紫式部的《源氏物语》——两部古代东方的"女性写作"。读清少纳言的书,不免会想起李清照,后者晚出上百年,且是以诗名世,在中国古典文学的谱系中,她大概是占据着最高位置的女人,但李清照其实是有"丈夫气"的,"生当为人杰,死亦为鬼雄",这样的句子清少纳言写不出来,在她眼里,宫廷生活也如同家常日子,她所记得的总是日子中细微的纹理,朝政变乱、命运升沉这样的"大事"她并不留意,她留意一朵花、一种表情,衣裳的颜色、深夜的鸟鸣,她说这是"有意思的事",而"大事"呢,虽然大,但是没意思吧。

这种对微妙"意思"的耽溺,就是川端康成所谓的"日本之美"。这种美是阴性的、纤细的、颓废的;和中国不同,清少纳言和紫式部两位女人对塑造日本人的感官和灵魂起了至关重要的作用,她们把生命之柔弱、把一种近于偏执的感受能力带进了日本文化,至于从这里又如何转化出危险的阴忍、暴烈,这真是一个复杂的谜。不过,我觉得,最残鸷的日本人也往往具有明显的女性气质,比如三岛由纪夫。

——话扯远了,《枕草子》不过是"枕边书",随便翻翻,可消永夜。一段一段地流连下去,常常会想,文章原来竟可以这样写的:

高雅的东西是,淡紫色的袙衣,外面着了白袭的汗衫的人。小鸭子。刨冰放进甘葛,盛在新的金椀里。水晶的数珠。藤花。梅花上落雪积满了。非常美丽的小儿在吃着覆盆子,这些都是高雅的。

几年前,看过一部电影,也叫《枕边书》,故事早忘记了,但其中不时插进《枕草子》的段落,流利的字写在锦笺上,低沉的女声安静地念诵,真有令人惊觫的美……

阴翳与骄阳

《阴翳礼赞》是谷崎润一郎的一本随笔,在他的感觉中,"阴翳"是笼罩着日本文化的基本情境,而这本书的副题是《日本与西洋文化随笔》,谷崎的立意就不言而喻了。

东方与西方,是个常炒常新的话题。萨义德的"后殖民"理论自美国漂洋过海传到中国,反对西方文化霸权的大旗一举,聚义厅上豪杰啸集。多年的行情是"西人云我亦云",如今造反有了理,可以叫好叫座地对西方文化说个"不"字,这岂不出了口鸟气?当然,人们忘了,或者根本不在乎,"后殖民"理论骨子里仍是一套西方话语。

远离学术市场的喧嚣叫卖,《阴翳礼赞》是个很冷清的摊子,静物般随便摆几件陈年旧货。谷崎仿佛在夏日午后做着一个幽凉暗绿的梦,日本文化以阴影朦胧的暗淡、混沌、深远、沉凝、静谧和柔美在西方文化的骄阳烈日下亲切而伤感地浮动。阴影潜度,日本的男女、饮食、服饰、器物、戏剧、建筑,乃至——厕所,都透露着、弥散着独有的神韵。有这份神韵在,日本才是日本,东方才不是西方。

谈到厕所,下笔着实有些忸怩。不过,忽然想起《庄子·知北游》中,人问:"道恶乎在?"庄子答曰:"无所不在","在蝼蚁""在稊稗",最后"在屎溺"。据此,则谷崎在厕所里寻文化应该是合法了。他一唱三叹，流连低回的厕所——那曲径通幽，花木掩映，可以仰观天、侧听风的厕所，确实是东方风景：一种清冷自适的境界，一种以阴翳涵泳调和不洁之物的智慧。

现如今，大饭店里的 W.C，明光锃亮，暖香熏得人欲睡，除了谷崎之外，人们倒也并没有感到在受另一种文明的压迫。传统已在日常生活中无可挽回地瓦解，这不仅是脱下长衫，换上洋服，主要是那种心境、那种感觉，没有了。谷崎的感觉细腻而灵敏，也许是过于细腻灵敏，以至湿漉漉、潮乎乎的有点儿猥亵。这很像川端康成和三岛由纪夫，他们身出同一个正自日常生活中隐退的传统，又都是这一传统的坚定守护者，这个职责可能只有一副非常细腻灵敏的感官才能胜任，才能把传统日渐微弱的气息保存下来，像保存丢了盖子的香水瓶中挥发的香味。

东方之中又有东方，日本人谈日本的传统文化，到底跳不出中国的语境。"阴翳"其实更是中国文化的中心意象。十几层大厦上安个琉璃瓦大屋顶，只是珍重传统的一种姿态，但屋顶下阳光普照，我们看不到宽展的屋檐本应遮蔽出的幽远深寂的阴翳，那么这传统还活着吗？文化的个性和生命也许不在符号的差异，而在符号系统中运行浸润着的气质、情调，阴影般诉诸感觉，不落思辨。

谷崎和川端、三岛一类作家在欧风美雨席卷东瀛的时代得享盛名，表明社会整体态度中始终存在着保持文化个性的强烈冲动，他们至少希望把那片从大街上、从居室中败退下来的阴翳安顿在民族的心灵里、记忆里。当然，这话在有的人嘴里还可以反过来说，谷崎等人是用落后的东方风情应和了西方的文化殖民，不过这就有点以己之矛攻己之盾，因为这么说的时候，说者对东方风情的那份自卑倒像是已被西方文化霸权踩躏得不知庄生梦蝶还是蝶梦庄生了。

鲜血牡丹

许多年后，梁实秋先生一再提起鲁迅先生的一段话，大意是，吐半口血，扶着丫环，去看阶前的牡丹。三十年代的公案余波荡漾，幻化出这么一幅沥血倚美观花图，成了梁先生的话柄。

翻翻《鲁迅全集》，似乎并没有如此这般的一段话，不知梁先生从何出典？但我看了这段话倒觉得实在说得好，这种风度和境界有一种日本式的凄厉和香艳、刚忍和伤感。

所谓"吐半口血"，我猜多半是指肺痨——几十年前流行的罗曼蒂克绝症。盘尼西林不仅治好了肺痨，大概也根除了一种文学气质：对生命之脆弱的玩味和体验。不仅是吐血观花，如郁达夫那样病恹恹的调子也不免为如今的硬汉们所笑。

究竟我们是变得坚强了还是变得粗糙了？或者我们的坚强只是另一种脆弱，以至不愿在吐血后去看阶前开得正闹而终将凋落的牡丹？

真正的坚强是一种刚忍，是对生命的热烈与寂灭的微妙感悟和豁然洞照，我想，我大概更钦佩能写出《死》，又能说出这种话的鲁迅。

不管是扶着丫环还是挂着拐杖，那一瞬间，有一道阳光照入阴凉的厅堂，使生命的本质纤毫毕现，这阳光来自山海、风月、鲜花朝露，是悄然寂灭而生生不息的自然。

这种风度和境界是日本式的吗？至少，这段话有一种纯正的俳句情调，从深受日本文化影响的鲁迅口中说出来也并不唐突。而且日本人确有对生命，也就是对自然格外敏感的纤细神经。只要读一读夏目漱石、川端康成，读读《细雪》《春雪》，就会看出这个刚忍的民族是如何阴柔脆弱，就会惊叹这个阴柔脆弱的民族是如此刚忍。

手头有一部摄影集，日文题目是《京都花名所》，翻成中文大概是"花名册"。共五册，分别为《樱》《四季之花》《红叶》《百花缭乱》《花鸟风月》，日本京都书院出版，印制极为精美。它将京都四季的每一种花、每一种花在京都的四季都表现得极其细致、极其曼妙，生命颤动着的明灭闪烁被如此鲜嫩地保存下来，一页页翻过去，便浸入凄美的静谧之中了。

词语的命运常常透露出文化的沧桑。在中文中，花名册之花名已经不指"花"名而指人名了。你要是出一部《北京花名册》，大概人家都会盯着书名发呆。我们都曾为我们的词语深处隐藏的微妙美好的情调而脸红，正如梁实秋先生不能容忍鲁迅吐了血去看海棠一样。我们的词语于是就变得如此俚俗。

我想，拍摄《京都花名所》的那双眼睛也正是那双静静地谛视血红的海棠的眼睛，如此的眼睛在我们这片滚滚红尘中已经不多了，实在不多了。

傻瓜史

——《人类愚昧疯狂趣史》

这本书谈的主要是这件事：人类中的"傻瓜"是怎么生长和繁殖的。

《人类愚昧疯狂趣史》的作者查尔斯·麦凯是英国人，生于1814年，死于1889年。至于原著写于何时、中译本所依据的版本，书中只字未提。出版者大概认为我们没必要知道这个，但想不想知道那是我们的事，出版者应该有庄重的严谨，向我们提供一本书的基本信息。

中译本封面上有一行英文："Madness Delusions"，翻过来应是"痴狂与妄念"或"狂欢与幻觉"，这大概是原书的题目，中译本出版者可能怕我们把它当成心理学甚至精神病学著作，好心好意地改成了《人类愚昧疯狂趣史》。麦凯此书倒确实是"有趣的历史"，它让人看到我们的很多新毛病其实都是老毛病，当然有些事我们并不觉得是毛病，我们干得兴致勃勃、神魂颠倒，但读了这本书你就发现，我们还是在犯毛病。

所以，《人类愚昧疯狂趣史》第一版只印 8000 册未免太少，就算印上 80 万册在中国也不能算多。据说在华尔街的某些证券公司，直到 20 世纪 90 年代这本书还和《孙子兵法》一样列为必读书，后者教人攫取，前者则提醒人们伸出手时小心套牢。当然读书有效也有限，否则就不会有纳斯达克的巨大"新经济"泡沫和泡沫的破裂。

一枝名贵的郁金香价值几何？它值 1000 磅奶酪、8000 磅小麦、16 万磅裸麦、4 头肥公牛、8 头肥猪、12 只肥羊，葡萄酒、啤酒、黄油各两大桶，外加一张大床、一套衣服、一只银酒杯。——17 世纪时，荷兰举国上下都在干这路买卖，当然最后的结果是这枝郁金香忽然只值一颗葱头了，你可以想象一个人面对这样一枝花时欲哭无泪的心情。

这是麦凯书中的一章，名为"郁金香狂热"。而在中国，上世纪 80 年代，君子兰也曾使不少人倾家荡产。这本书正要如此对照着看才有趣，"密西西比计划""南海风波"让人想起前些年的"集资热"和某些沿海城市至今废置的大片别墅；人家有炼金术、不死药，我们有"永动机""水变油"；中世纪欧洲把头发胡子视为头等大事，我们对此也一直紧抓不放；"末世预言"的虚惊在西方百八十年就来一次，而诺查丹玛斯的书前两年在中国也曾风行一时……

这一切何以发生？为什么骗局和愚行会在古今中外反复重现，甚至花样都不翻新？对此，麦凯做了解释，他的解释正好就在被中译本改掉的书题之中：我们之所以没完没了地"痴狂"，是因为我们很容易陷入各种各样的"妄念"，比如天上掉馅饼大发横财，比如活上二三百年最好是一千多年，比如预知自己的未来，比如按着《格调》邯郸学步因为一个人应该高贵高雅，等等。所有这些都根植于人性的弱点：贪婪、怕死、好奇、炫耀……弱点轻易改不掉，所以任何迎合我们弱点的事物都可能瘟疫一样迅速扩散，把庞大的人群带入集体幻觉，我们狂欢般亢奋，任凭汹涌的人流把我们带到任何荒谬的地方。

——这就是"傻瓜"的生长和繁殖过程。一件事是愚蠢的,但我们意识不到,因为它恰好契合着我们某些最深的欲望,我们甘愿信它。当然我们有理智,但如果周围的人在这件事上都失去理智,你又会觉得自己成了傻瓜,就像股市狂涨时你明知这是发疯,但发疯的人们却在赚钱,那么不当傻瓜的唯一办法似乎就是在傻瓜的行列中再增加一个傻瓜。这也是人性的弱点:随波逐流的懒惰。我们常常懒得想事儿,懒得对自己负责任,把自己交出去多么轻松。

傻瓜不需要训练,但不当傻瓜却需要长期艰苦的训练,其中一项是读书明理、鉴往知今,比如读《人类愚昧疯狂趣史》——但这本书似乎销路不畅,北京的书店里至今有售。

天鹅绒下的刺

——《〈纽约客〉漫画》

在手术室外,医生正安慰抱头痛哭的女士:"他临终最后的遗愿是把他所欠的医疗账单尽快付清。"

而一块墓碑上的铭文是:

出生——道琼斯指数 80 点
去世——道琼斯指数 9000 点

两口子偎在沙发上,周围是他们充满电器的家,太太对先生说:"我刚刚才意识到,霍华德,这套房子里任何一件东西都比我们高明。"

沮丧的男人呆坐在电脑前,屏幕上显示一行字:"今天晚上不行,亲爱的,我有腕管综合征。"

酒吧里，两个家伙开始喝了，或者喝得差不多了，其中一个严肃指出："我的酒精摄入量在过去 4 年中翻了两倍多，总统几乎没有做出件像样的事来加以制止。"

同时，大群高矮胖瘦的男男女女挤满了一走廊，秘书小姐对办公室里正襟危坐的先生说：

"参议员，您演讲中常提到的'美国人民'想和您说上一句话。"

——是的，这是漫画。或者说是那个国家和这个时代的嘴角上自嘲的笑，是一杯鸡尾酒，由紫色的精致的世故、冰冷的智力，一点甜蜜，一点苦涩，一点辛辣的残忍配制而成。

《纽约客》的漫画是美国文化的标志性景观之一。游客知道纽约有自由女神像、时报广场，知识分子还知道纽约有《纽约客》杂志，《纽约客》杂志几十年来每期刊登的漫画也许比它发表的海明威、厄普代克等等大师的小说更加广为人知，至少你会在某个美国家庭的冰箱门上看见一幅从《纽约客》上剪下来的漫画，而谁会把小说贴在冰箱上？

当然，纽约很远，《纽约客》就更远，《纽约客》的漫画家们画画儿时从没想到要让一个中国人笑，他们面对的是自己的生活，是曼哈顿街头熙熙攘攘的人流。但是，正如纳斯达克的寒流会引起中国公司的感冒，正如中国孩子吃着麦当劳而美国孩子穿着"Made in China"的鞋，正如我正在读着厄普代克的小说而昨天刚刚看了《珍珠港》，某种被《纽约客》的编辑们羞答答地称为"时代"或"时代精神"的东西把我们和远方互联在一起，从那些漫画里我们常常能够准确无误地认识自己。

"认识自己"，这话又说得重了，好像"自己"又出了什么大问题，好像我们得端正姿态开始严肃认真的思考。不是的，没什么大问题，一切都好，不用紧张，我们只不过是从我们的行为、语言、观念中，从我们的生活中暂时跳出来，然后回头看一眼：啊，这有点滑稽、有点矛盾、有点可笑，于是我们就笑了。笑完了，放松一下，我们再跳回去，因为有些事只好一笑了之，比如人性，比如生活。

这就是我喜欢《〈纽约客〉漫画》的原因，我知道你可以从这些画儿里拔出很多尖锐、猛烈的针刺，但我觉得那还不是《纽约客》的态度，《纽约客》的态度必不可少地覆盖着一层天鹅绒，即使是"拒绝""抵抗""批判"也不会弄得汗流浃背、声嘶力竭。

作为例证，下面有一个漫画之外的故事：

《纽约客》某编辑写小说，小说改成电影后票房丰收，某老板想把此人挖去作编剧，开出的价码是每周500美元。——这件事发生在上世纪40年代，这个价钱据说纽约的绝大多数作家都无法拒绝，但是，某编辑回电说："罗斯先生也加到了这一水平。"

"罗斯先生"是当时《纽约客》的主编，该先生不像好莱坞老板那么有钱，他根本不可能给这位编辑加薪，但老板不知内情，马上抬价："1000美元。"某编辑再次回电："罗斯先生也加到了这一水平。"

如此几个来回，最后价码达到了每周2500美元，相当于现在的19000美元，某编辑仍是那句话："罗斯先生也加到了这一水平。"

事情就此搁置，过了一段时间，老板又想起来了，但他忘了上次把价码抬到了什么水平，所以这次一开口又是"1500美元"，某编辑回电曰："罗斯先生也减到了这一水平。"

——这个故事的主题是"金钱"，这位编辑拒绝了金钱，但他微笑着，优雅、平静。这也是《纽约客》漫画的态度。

朴素、庄严的真理

——《带条纹的地狱囚服》

"我在横穿工厂的铁路上干活,监视我们的是党卫军看守。其中有个小伙子与我年龄相差无几,整天用口哨吹着巴赫的曲子,尤其是我十分喜爱的那首小提琴二重奏。他有所不知的是,我们之间有某种相似之处。"

——这种"相似之处"至关重要,以至于必须掩盖、必须忽略抹杀。一切人类悲剧都是由此开始:一部分人拒绝承认与另一部分人有任何"相似之处",不承认你和我可能喜爱同一首乐曲,不承认你和我一样有人的欲望和需求,不承认你是一个爱着的人、怀着痛苦的人、有尊严的人,不承认你的生命和我的生命一样珍贵。

于是,一部分人就可以为所欲为,他们画出了一条线,线外边,人不再是他们的同类。

沿着这条恐怖的线,人类在20世纪走进了地狱,那是奥斯维辛、是贝尔根-贝尔森、是布痕瓦尔德,它们有一个极具权力意志的名字:

集中营。

　　一个人从集中营里走出来,他名叫让-皮埃尔·勒努阿尔,法国人;他活着,而且写了一本书:《带条纹的地狱囚服》,他是为他的孩子们写的,他说:"我写这本书,不是为了使仇恨永远存在下去。"

　　于是,这本书成了一本温暖的书——请原谅我这样说,我绝不认为那饥饿和屈辱、那堆积如山的尸体"温暖",使我感到温暖的是这位幸存者坦诚、宽厚的人性光辉。他不咬牙切齿,不呼天抢地,是的,在经历了那一切之后,人们有理由仇恨和悲痛,但勒努阿尔如此地克制,他准确、简约、不加雕饰地写出一个又一个片断,他避免自怜,他不想将我们引向审美领域,他要向后代讲述关于"人"的朴素真理。

　　真理之一是,那些被定为"异类"、被划到人类基本法度之外的人,他们的尊严和生命有绝对的正当性,当人视同类如动物时,他已如同禽兽。在集中营里,看守是另一种形式的囚犯,他们自己已经堕入了最黑暗的人性深渊。

　　与此相关的,是真理之二:那道深渊隐藏在每个人的心中,压迫人、摧毁人的欲望在喘息、跃动。我们看到,囚犯们因为国家、民族和政治立场的不同而相互敌视,看到勒努阿尔痛苦地挣扎,因为他惊骇地发现狂暴的看守已经附进他的灵魂,似乎他自己就随身携带着一个集中营,随时准备把什么人关押进去。

　　所以,这位法国老人只是告诉我们,"爱"是多么艰难,"爱"需要学习,人必须拿出最大的勇气坚守和拓展人性中高贵、温暖的区域。

　　——这太朴素了,就像孔子所说,"己所不欲,勿施于人",多么简单,但人能做到吗?至少20世纪的惨痛历史使我们难以自信。

　　但在集中营里,一个德国工人也曾款待那些衣衫褴褛、浑身恶臭的囚犯,好像他们是他的邻居;一个德国农夫注视着勒努阿尔在寒风中流血的手,脱下自己的手套扔过来;在路上,"我看见一米外有个平民,

非常干净，穿着大衣，戴着围巾、帽子、手套，脚蹬漆皮鞋。我用德语搭讪：'请问现在几点？'

"他看看我，脱下手套，解开大衣、西装，从背心里掏出一只硕大的金表，上面连着表链。

"他看看表：'正好四点一刻。'

"我回答：'万分感谢。'

"他掀起帽子对我说：'不用谢，先生。'"

——这是一些庄严的片断，在这种时刻人的形象才高贵、温暖，令人自豪。现在是21世纪，我们也许不会回到集中营的时代，但是当我们对着电视屏幕，饶有兴味地注视这个世界上发生的种种苦难，然后在网络上发表我们的高见时，我们是否意识到那些正在受苦的人和我们有种种"相似之处"，他们是我们的同类？

"外省青年"的货币摇滚

——《我如何弄垮巴林银行》

尼克·李森替巴林银行输掉了四亿七千万美元,因此他得蹲六年半大狱,也因此他有了写自传的资格:他写了《我如何弄垮巴林银行》。

英文版书名是《痞子商人》,中文版改得更具攻击性,无论英文版或中文版,看书名都不像一本忏悔录或一份思想改造的汇报,它自得而炫耀:毕竟不是每个人都有机会和本事弄垮一家屹立一百几十年的大银行,就像不是每个人都有机会和本事去拆掉白金汉宫。

所以,虽然李森在书中反复悔恨,但他自己和他的出版商们都知道:他是西方媒体和公众眼中的某种"英雄"。泥瓦匠的儿子结结实实地愚弄和教训了自命不凡的贵族大亨和莫测高深的跨国公司,这真是一场不可不看的好戏,一个当代神话。

但这本书其实并不好看,尤其是我们这些金融期货的外行,到底也不十分清楚李森先生如何弄垮了巴林银行。"多空套做""套期保值""均衡头寸",等等,尽管中文版很体贴地做了注释,我们还是很难明了其中奥妙。不过,一般读者倒也不必由此而生智力上的自卑感,我记得,在巴林事件发生后不久,一个协调西方各国中央银行的什么组织曾发表报告,对金融产品和金融市场的日益复杂,日益专业化、电子化、网络化深表忧虑,坦承即使是大银行久经风雨的头头脑脑们也往往不懂手下那些交易员在玩什么名堂。

财富、资本和货币正在变得高度抽象,而且这个进程还是刚刚开始。李森这位"局内"的玩家颇为迷茫地写道:"我只要走上前,挥一挥手,就可以买进和卖出价值百万的东西。但它又仅仅是'东西',它不是牛奶不是面包,不是有一天世界末日来临时人们用得着的东西。我买卖的'东西'叫JGB,或者叫期货或期权。但是人们并不在意它到底是什么东西。那不过是一些买来买去的数字。"

对于疯狂地"买来买去"的李森来说,每一笔交易意味着屏幕上瞬息即变、必须即时反应的数字,而不是实实在在的、感性的财富的盈亏,"贪婪"便由此急剧膨胀。当然,并不是说,一个叮叮当当地数着金币的土财主就一定比李森少一分贪婪,问题是,面对屏幕上的虚拟空间,李森有大得多的权力感和效力感,同时更少对"限度"的意识。

正是在摇滚般放纵的交易所气氛中,每个人无限的权力和效力共同形成了非理性的、每个人都无能为力、无从驾驭的市场——权力和效力最终是虚拟的、虚幻的,李森为此付出了代价,同时给正在来临的时代一个深刻的教训。看来,在为这个时代欢呼时,最好还是悠着一点儿。

尽管不大好读,这本书还是值得一读。老故事不断重演,老故事总有动人之处:李森这个家境贫寒,小地方出来的小伙子凭着聪明和野心爬上去,经过痛苦的人格迷失之后又啪哒掉下来,这让人想起拉斯蒂涅,想起欧洲小说中那些"外省青年"。其实如果李森不是一个"外省青年",巴林银行事件也许不会发生,因为像李森这样的人最怕失败,然而失败总喜欢光顾那些最经不起失败的人们。

精致的伪善

——皮埃尔·布尔迪厄、汉斯·哈克《自由交流》

活该他们倒霉，几年前，一个名叫汤姆·沃尔夫的纽约文人在《从包豪斯到我们的房子》这本小册子里把一帮现代主义建筑师修理得鼻青脸肿。他冷不丁指住美国人的鼻子喝问：那些大玻璃盒子好看吗？可怜的美国草民们吞吞吐吐地承认：是不太好看，实际上……有点难看。

——那你们说，那种功能性的房子住着舒坦吗？

——噢，当然不舒坦。谁愿意住在盒子里呢？

汤姆·沃尔夫的手指头早像爱国者导弹一样顶在了建筑师们的秃脑门上：看看看看，广大人民群众都说不好看不舒坦，你们还有什么屁放？

建筑师们一个个心虚底儿潮的怯样：可是，汤姆，老百姓并不知道他们想住什么样的房子，重要的是教育群众，是肃清布尔乔亚趣味……

他们说不下去了，因为汤姆·沃尔夫那张大嘴快咧到耳根子上去了。

——那是冷笑，或者是牙疼，或者是岔气儿。

现在，总算没有汤姆·沃尔夫这类家伙在场，自由派知识分子可以坐下来"自由交流"，发发牢骚，传经送宝，互相吹捧，互相安慰，以便共同度过这个艰难时世：冷战后西方文化权力的转移——由传统自由主义向保守主义和新保守主义转移。这使许多知识分子感到手头的文化资源成了狂跌不止的股票，一些人忙着清仓止蚀，另一些人则相信"坚持就是胜利"，比如眼前这两位：皮埃尔·布尔迪厄，一位法国社会学家，汉斯·哈克，一位美国装置艺术家。

也真个是"多少事，从来急"，一转眼间，在法国，1968 年的遗产似乎"通通过去了，结束了。萨特、福科、德里达等等，根本就没有存在过，现在应该回到康德，回到民主，回到教皇"。在美国，保守派革命气吞山河，当过嬉皮士成了需要洗刷的政治案底。两个憔悴的文人老革命碰上新问题，见面便问："大势如此，先生何以教我？"

对策就是捍卫精神领域的自主性和知识分子批判的独立性，以便"组成一种反权力，它能宣扬正义与真理的普遍价值，并能唤醒最大多数人的批判意识，为众人谋福利。"

——啊，这很好。但这是可能的吗？一个独立知识分子如何才能打破严密的资本主义文化统治，哪怕撬开一道小缝？

办法当然有，——布尔迪厄和哈克说——首先要从灵魂深处爆发革命，要看清艺术界、学术界所受的特殊形式的统治：资本主义国家和企业通过资助等方式推行的审查和自我审查。

那么，接下来该是拒绝资助了吧？当然不是，而是拿了钱后照样嘴硬，给那些出了钱的有钱者捣点小乱，手段包括钻空子、揭老底、出洋相等等，就像哈克那些装置。与此同时，布尔迪厄呼吁资本主义国家继续慷慨解囊，并容忍艺术家和学者们的小小冒犯。

这些自由派知识分子用什么"正义与真理"去教育群众、启发群众呢？比如反纳粹，——但这还不够，所有的西方主流媒体都在反纳粹，所以哈克意犹未尽，他在一个装置中义愤填膺地揭露曾经武装纳粹的大企业正在向伊朗和伊拉克出售武器！这倒真用得上麦金太尔那个设问句了："谁之正义？何种合理性？"

也许真的"统统过去了"，60年代奋起反对越战、满怀理想激情的文化英雄们已经逝去。今天的"独立"知识分子只会在诸如环保、反吸烟、女权、同性恋权利、动物权利之类的痒处搔挠，而当讨伐异教的十字军出发时，当一支富人的大军在一万八千米高空用炸弹推行"人道主义"价值观时，他们就忙着揭发"资敌"行为去了。

相比之下，汤姆·沃尔夫这种兰博式的新保守主义者倒显得坦率，他索性承认经济基础决定上层建筑——既然美国就是一片资本主义乐土，那么你盖的房子就得充满好莱坞的趣味：丰饶、放纵、傲慢，就得让大、中、小布尔乔亚们看着顺眼，住着舒坦，这就是天经地义的文化权力，有什么不好意思呢？

然而，自由主义知识分子们总还是有点不好意思。于是，就"自由交流"，就不免于精致的伪善。

深渊中的火

  据说,在南太平洋的某个热带岛屿上,我将能实现我的梦想。不用做饭,饿了就从树上摘个果子吃饱,热带的水果丰硕如肉。然后呢?然后我找一块树荫冥想,当然想着想着就会睡着,再醒来时正是海上生明月,我再吃一个水果,去和人们围着篝火唱歌、跳舞,少女棕色的皮肤在火光下闪闪发亮。然后,我就又睡了,不会失眠。顺便说一句,也不必为穿什么衣服体面发愁,只需在腰间围一块布或一串树叶。
  谁都看得出来,这个梦想之境很像洋人的伊甸园,但又不全像,比如还得围一块遮羞布、忍不住盯着少女看,还要冥想,从这种像又不像的状态中生长出一个似是而非的词,叫作"文明的野蛮人"。
  所以我的梦想其实也不是我的,任何梦想都不属于个人,灿烂星空下,如果你能够像微风一样穿过每一个透明的梦境,你就会看到,死去的人们和活着的人们同时做着同一个梦。比如"文明的野蛮人",这个梦我不得不和很多人分享,其中一人就是高更。
  1891 年,高更抵达太平洋上的大溪地,1903 年死在那里。在那座岛上,他画了很多画,他还写了一本书:《生命的热情何在》。

2001年,我读这本书。我知道我应该怎样读它,我是一个知识分子,文明的、有文化的人,我当然知道高更,他是一位重要的法国画家,梵高是他的朋友,当然他的名气没有梵高那么大,这一定程度上是因为他没有梵高那么疯,他没有割耳朵、没有自杀,不过他去了"蛮荒"的大溪地,"蛮荒,是生命的乐园",这本书的封面上就是这么宣布的,那我还有什么好说的呢?我只能满怀诗情地歌唱这个地方和发现这个地方的这个人。

但我还是有点不理解,何以"蛮荒"就是"生命的乐园"?这很像《动物世界》播音员的口吻,但在大溪地,我们面对的是人,据我推断,他们大概既不认为自己身在蛮荒,也没觉出人在乐园,他们过自己的日子,直到那个陌生的欧洲人来到他们中间。

所以,"蛮荒"与"乐园",这只存在于作为外来者的高更的眼中,与大溪地人其实无关。至于高更何以有这么一种独到的眼光,认为蛮荒必是乐园或乐园必须蛮荒,这是因为他来自欧洲,来自一个"文明"的地方,那里的人对他们的文明有一种深刻的厌倦和失望。于是,相对于文明的衰朽腐败,他们向往遥远的蛮荒,在蛮荒中人将获得解放。

至少自卢梭以来,西方就梦想着"文明的野蛮人",首先他们是野蛮人,但这种野蛮中包含着纯洁的人性理想。显然,这个梦想的萌生和延续伴随着资本主义在全世界的扩张、伴随着西方对所有"蛮荒"之地的殖民征服,也就是说,当法国军人端着枪占领大溪地之后,法国的画家跟着来到,宣布这个地方又野蛮又纯洁,是生命热情之所在。

——我这么说未免煞风景,好像高更是某种庞大阴谋的参与者,但这正是我的意思。生活和历史本身就是庞大的阴谋,人参与其中而并无所知。就高更来说,他的大溪地之旅以至他充满热情的生命都被这种阴谋引向了深渊。

但在这本书中你似乎看不到深渊，这是一本明亮、宁静的书，高更行走在大溪地的山水、人群之间，他很像后世的雅皮旅行者，对所有被文明污染的景致极为敏感，一心探求像处女一样纯洁的"蛮荒"，他也确实和一个土著少女同居，而且在这本书之后，他还继续追逐了一连串的少女。

在这一派明亮和宁静之间，我感到危险的气息已经在暗自浮动。作为一个旁观者，我想我看得更清楚，高更以为他已不在"文明"的法国，他在大溪地，但实际上，他根本不在大溪地，正是他明亮、宁静的叙述令人生疑，这种叙述必定出自完全不能进入一种生活内部的外来者，透过高更的眼睛，我们能看到大溪地人对他的好奇和客气。

那么，他既不在法国和欧洲也不在大溪地，他在哪里？他在自己的梦境里。他带着"蛮荒的乐园"这个梦走来走去，我一直祈祷他别睁开眼睛，但从传记中看，他还是睁了眼，他看见脚下是空荡荡的深渊，没有家园，更没有乐园，他掉下去……死了。

这就是那个宏大阴谋的实质所在，它一方面在这个世界上反对和取缔所有的乐园，另一方面，它又精心包装出一个梦境，告诉我们乐园在远方，在蛮荒。这个阴谋也从高更身上汲取了灵感，在他之后，对热带岛屿的旖旎遐想甚至成了挑逗消费欲望的广告策略，至今试而不爽。

于是，到了我们这个时代，一个"文明人"的必要条件就是有荒野之思，他最好是开着沙漠王、穿着耐克鞋去西藏之类的地方，然后回来，在灯红酒绿的酒吧和他的朋友谈论神秘、灵魂、自然什么的，并且把一只羊头或者牛头挂在客厅的墙上。——这种被高更所弃绝的"文明"是多么伟大，它足以消化掉高更，使高更成为它的"文化英雄"，足以把任何对它自身的厌倦和怀疑转化成使它变得丰富、微妙的可爱情调。

但高更和我、和我们所有做着同一个梦的人有一个致命区别，就是他为他的梦想支付了绝对的代价，他把全部生命都搭进去，哪怕脚下就是深渊。这可以说是"义无反顾"，但当他临死前画出文明欧洲的晶莹冰雪时，无边悲怆如潮涌来。

当我一边做着南太平洋的美梦一边读着高更的书时，我当然会一直在想，生命的热情何在？这个问题贯穿着高更的大溪地之旅，我觉得他只是茫然地向它走去，他感觉到在生命遥远的核心之处闪动着火光，但他还得走，一直走了十多年，直到最后他才发现，原来它并不在地理或文化的远方，它就在这儿，在心里，我们的心里有一个狂乱、崩溃的深渊，它是虚无的，但其中燃烧着生命的热情——准确地说是激情，一种因为极高的温度变得白炽、虚无的火焰——在"文明"之外执着、痴迷地探索生命另一种可能性的人迟早会走到它的边缘，然后掉进去。

——这令人惊叹，令人惊恐。

那么，还是安全地做梦，春节长假，也许可以去寻一个宁静、淳朴的山村？

穆齐尔的邀请

关于穆齐尔,我所知甚少。几年前,在那本《被背叛的遗嘱》中,我看到昆德拉一唱三叹地歌颂这位上世纪初的奥地利作家:穆齐尔"将卓越的、光芒四射的智慧赋予了小说","使小说成为绝妙的理性的综合",然后昆德拉问道:他的成就"是小说史的完成吗?或者说更是一个通向漫长旅程的邀请?"

谁能拒绝这样的"邀请"呢?于是我一直期待着看到穆齐尔的书。现在终于看到了,《没有个性的人》(作家出版社,2000年12月第一版),厚厚的、令人敬畏的两大本。在2001年的春节,我回到"1913年8月里一个风和日丽的日子",那是维也纳的街头。

5年后的1918年是奥匈帝国皇帝登基70周年,为此成立了筹备庆祝活动的委员会,活动的主题是"和平"。当然,我们知道第一次世界大战于1914年开始,1918年随着奥皇退位而结束,所以,该委员会的活动纯属瞎忙,而在小说中,这种瞎忙直到最后也没有结束的迹象,因为书没有写完穆齐尔就去世了。

"没有个性的人"名叫乌尔里希，他是委员会的秘书。这使他在一种其实非常滑稽的基础上严肃认真地思考人生。小说的大部分时间是在客厅里度过的，乌尔里希和各色人等交往，几乎所有的人都从不同角度折射、反射着他的思想，而他的思想浩无际涯，从"时代"到"肉体"，不厌其烦地想啊想，结果这部作品写了一千多页还不算完。

这里确实充满"卓越的、光芒四射的智慧"。如果此时在北京，也有一个人像乌尔里希那样想事儿，那么我必须说，他对我们这个"全球化""网络化"的新世纪有非凡的敏锐感受和透彻见解。我的意思是，连最新的事都曾在太阳底下出现过，七十多年前穆齐尔洞察他的时代，我们至今依然在他的视野中喜气洋洋地前进，一个人的目光竟有这么长！

但为什么是"没有个性的人"？我看来看去，觉得乌尔里希确实没有个性，因为思想本身是没有个性的。当然，穆齐尔的想法远为复杂，据说他受了马赫哲学的影响，认为知识来自感官材料的概念综合，人类和外部世界互为延伸，于是，当我们的生活已经变为一种"物质生活"时，我们最好就别再假装很有"个性"了。

是的，"物质生活"，这是穆齐尔的根本支点，人类在这个支点上晃晃悠悠，难以平衡。而在我们这里，当"物质生活"成为一个流行新词时，它表达了我们的自信、傲慢，青云直上而如履平地。

所以，穆齐尔的"邀请"令人为难。他强劲的思想力量会解散我们正在进行的"新观念"的狂欢；同时，《没有个性的人》山一般雄壮而笨重的规模对阅读者也是艰巨的考验：它属于那种"理想藏书"，你会把它摆在书架上，但你未必会读完他，除非你准备带着它去荒岛，或者即将度过一个沉闷的长假。

但昆德拉那种续谱归宗的热情也并非做作。穆齐尔把一种执着、细密的分析能力带进了现代小说，任何一个后来的写作者，如果立志具体而确切地解释他的时代和生活,他就必须面对穆齐尔所树立的标准。卡夫卡是穆齐尔的同代人,在他后面跟随着成群结队的中国作家,因为卡夫卡直抵本质的鲜明姿态可以在"模仿秀"中似像非像地表演,而穆齐尔呢,我认为至今没有一个中国作家能够加入那"漫长的旅程"——太累了,注视和思考纷繁万象。

理性的操练

——《奎因现代侦探小说集》

十几年前，我是一个狂热的推理小说爱好者，我一直梦想着戴高礼帽，披黑披风，叼烟斗，提文明棍儿，像一只黑色的鸟，在沉沉黑夜中穿越阴谋与罪恶，但阴谋和罪恶不能玷污我的羽毛，我超然、冷漠、修洁、优雅。

这个梦想表明我那时比较自恋，经典推理小说的主角通常自恋，福尔摩斯和波洛都是老单身汉，这绝非偶然，这两位的生活都过于讲究，充满各种各样精致的毛病，他们把自己珍惜地藏在这些毛病里，目的是防止女人来打扰。

这就是推理小说的第一诫：推理者不能爱上任何女人。因为在推理小说的世界里，"女人"所代表的感性和激情是对理性的致命损害。在福尔摩斯或波洛看来，感性和激情差不多是毁坏世界正常程序的病毒，一个侦探不能带毒操作。

如此说来，尽管阿加莎·克里斯蒂是个女人，但推理小说是男人的读物。当然我知道,男与女、理性与感性的对立从理论上不能成立,但我还是乐于接受这种假定:我不打算看到一个女侦探,也不打算看到侦探谈恋爱。

埃勒里·奎因基本上满足了我的预期,尽管和两位老前辈相比他显得有点吊儿郎当,但你可以把这看成年轻人的散漫,他还需要时间雕琢自己。他是纽约的侦探,但和波洛一样,他也经常出现在别的什么地方,比如某座度假孤岛。而只要他一出现,必然会有离奇凶案发生,在这个意义上,我觉得推理小说中的侦探都是黑乌鸦。

我第一次见到埃勒里·奎因也是十几年前,在一本名叫《希腊棺材之谜》的书中,具体情节已经忘了,只记得全书结束于一个经典场面:奎因向十几个人侃侃而谈,雄辩地论证了凶手只能是、必然是他们中的某某某……

没有奎因破不了的案,因为这恰恰是推理小说的第二诫:理性必须彻底地解释世界,即使是最疯狂的激情和罪恶也能够被整理、说清。

在这个夏季,每天深夜临睡前我都会读几十页《奎因现代侦探小说集》,这是一套十几本的书,足够消磨很多个凌晨1点到两点。现在我才知道,原来埃勒里·奎因不仅是个侦探,他还是小说家,准确地说,他是两个小说家——上世纪30年代,美国的弗雷德里克·丹奈和曼弗雷德·李用埃勒里·奎因的笔名合写了一系列推理小说,小说的主人公也都叫埃勒里·奎因。

我一直感到困惑:中国读者为什么不太喜欢推理小说?这里有故事啊,而且是复杂、完美的故事。我想我们主要是不习惯把阅读小说当作一次理性操练,这也可以反过来解释我们为什么喜欢武侠小说,因为武侠小说的想象域在于动作、身体,在金庸那里,侠之大者通常智商中平,到了古龙,智商有所提高,但这已经是受了推理小说影响。

而推理小说的第三诫恰恰是动脑不动手,你不能想象福尔摩斯或波洛与人打得鸡飞狗跳，埃勒里·奎因同样不会，他们永远从容，他们的武器是无所不及的逻辑，他们观察、综合、分析、推导，他们其实是科学家，人类事务是他们的实验对象。

——这是一种偏执而华美的实验。我一本又一本地读下去：《中国橘子之谜》《西班牙披肩之谜》《罗马帽子之谜》《孪生之谜》《弗兰奇寓所粉末之谜》……一个又一个谜在灯下如锦缎般展开，熠熠发光，有曲折回环的纹理，像迷宫一样，人的智力和理性是引导我们走向迷宫中心的线团。

于是，我理解博尔赫斯为什么沉迷于推理小说。他也喜欢埃勒里·奎因，但在博氏的小说中，人是拙劣、倒霉的"侦探"，他们通常在迷宫里转了向。也就是说，一般推理小说表达了理性的自恋和自信，而博尔赫斯则从中看到了理性的限度。

但我还是梦想着做埃勒里·奎因而不做杨过、李寻欢什么的，我认为人首先应该热爱、尊重和充分使用自己那颗想事儿的脑袋。

古道西风破车

——《廊桥遗梦》

三年前,罗伯特·詹姆斯·沃勒沿着密西西比河一路漫游,来至衣阿华州麦迪逊县时正值黄昏,一眼望见夕阳残照下红色的古旧廊桥,于是沃勒先生惆怅低回,情动于中,便写了这么一本《麦迪逊县的桥》。小说1992年由华纳图书公司出版——提起华纳,国人应不陌生,前一阵子行情如火如荼的《飘》之续集《斯嘉丽》便是华纳出品。不过这回,华纳险些走眼,《麦迪逊县的桥》初版只印了一万五千册,不料愿买愿读的大有人在,慌不迭连连再版,至今印数已达四百万。可见配制和推销浪漫情怀也是一本万利的买卖。

当作家、摄影师罗伯特·金凯与农夫之妻弗朗西思卡相遇的时候,他五十二岁,她四十五岁,在中国人看来,都早过了在浪漫的爱情故事中充当主人公的那个年纪。但他们相遇了,而且马上就爱得山高海深,刻骨铭心。过了四天,女的留在农场,尽她为人妻为人母的责任,男的则浪迹天涯,从此音讯杳然。天长地久有时尽,此恨绵绵无绝期,故事就这么一丝不爽地掉在老套子里。

那么它究竟拨动了美国人的哪根神经？答案大概在故事中的男人金凯身上。他饱经风霜，傲岸强健，在社会边缘落拓独行，这就有点西部牛仔的影子。但这位金凯是非暴力的，他对大自然怀着深沉的虔敬，多思、敏感、有诗人气质，还是个素食主义者。这盘子沙拉拌得恰到好处，传统神话加上60年代以来美国人的文化时尚，难怪金凯能够颠倒众生。

当然，这毕竟是个浪漫故事，像所有浪漫故事一样，它必须是男性中心话语，必须让一个有着巨大优势的男人把女人从贫瘠的日常生活中拯救出来。女权主义是唯一被《麦迪逊县的桥》拒绝了的文化时尚。

当几百万人为这个故事流泪、叹息的时候，其中的大多数可能仅仅是在做例行的情感操练，只是由于假定人物既不是牛仔又不是嬉皮雅皮，而是嬉皮雅皮加牛仔，这次操练就不那么令人厌倦。

如果对美国读者的水平再高估一点，也可能这几百万人是在日益物化、组织化的社会中心驰神往地赞叹金凯的自由，同时伤悼自己永远失去了的自由。非凡的金凯开着辆破车沿着西风残阳下的荒凉大道一意孤行，这类场面在美国文学中不断闪回，这是美国人理想中的自我形象，也是他们现实生活中苦闷的象征。金凯自称是那个社会中最后的物种，当这物种在小说里最终灭绝以后，他的故事却广为流传。这大概是物化、组织化的社会对被物化、被组织化的人们的一次巧妙抚慰。

外国文学出版社将《麦迪逊县的桥》翻译过来，书名改为《廊桥遗梦》，颇有一点鸳鸯蝴蝶派的风味。书印得精致考究，印数高达十万，很是不少。但《廊桥遗梦》肯定不会像《麦迪逊县的桥》在美国那样火爆。因为关于浪漫，中国人有自己的套路，比如很难想象一个半大老头和一个半老徐娘去演缠绵悱恻的爱情片，但《麦迪逊县的桥》却要搬上银幕，而且满脸皱纹的伊斯特伍德和雷德福争演主角。最后据说是雷德福胜出，虽然依我看伊斯特伍德更像金凯。

如今流行的是港台炮制的浪漫配方：小猫小狗式的纯情；或者清末民初那种发了霉的黏黏糊糊、不死不活；现在新添一样，就是"白领"们自我陶醉的灯红酒绿。可能，我们还没有想好当今之世怎么才算浪漫，风景这边独好，谁肯上那荒凉的大路？金凯和他的破车离中国人的梦还很远。

哇噻哇噻哇噻?!

人家告诉我,维克多·佩列文是俄罗斯的王朔,于是我就把《"百事"一代》(人民文学出版社,2001年第一版)从头读到尾,然后我才知道,佩列文是佩列文,王朔是王朔,他们之间的共同点并不比俄罗斯和中国的共同之处更多;而一个人读一本书只是因为它和另一位流行作家有一种强行建立的类比关系,这种行为正属于《"百事"一代》所说的三种"哇噻冲动",至于"哇噻冲动"是怎么回事,详见这本书的93页到112页。

上世纪初,《纽约时报书评周刊》的一位佚名作者在谈论陀思妥耶夫斯基时断言,俄国文学中充斥着从疯人院逃出的疯子和还没来得及被送进去的精神病患者,这话至今仍未过时。俄罗斯灵魂中缺乏平衡感,这使它的人民多思而多难,使它的作家倾向于暴烈地撕破生活的光滑表面,敞开令人窘迫不安的幽深和混乱。据说佩列文在今日俄罗斯被认为是反传统的,因而是轻浮、粗俗的;但外国人的判断可能更为准确,比如我,这本书读到第30页时我就觉得,在莫斯科郊外的树林里游荡的塔塔尔斯基其实还是来自我们熟悉的那个俄罗斯。

塔塔尔斯基是这本小说的主人公,小说开始时他是诗人,后来他的诗人才能主要用于创作电视广告文案。这种经历了那场历史剧变之后活得尚好或越来越好的人,被佩列文称为"百事"一代。——上世纪80年代,作为"缓和"的象征性成果,美国百事可乐公司在苏联建立了装瓶厂,到了90年代,当年喝"百事"的孩子们正好长大,他们血气方刚地冲进猝然出现的新世界,在哄抢中瓜分了一切。

但问题是,这个世界不幸福,它的深处是无尽的空虚恐怖,至少佩列文是这么认为的。整部小说光怪陆离地混杂着这个"美丽新世界"的表象碎片:商品形象、粗话俚语、吸毒幻觉、黑社会、暴起暴落的命运、突兀拼接的文化符号……这一切形成了一种亮闪闪的"国际风格",一个我们已经在网上、在"另类"写作中熟悉的浮华的物质"荒原"。但是,那位塔塔尔斯基却不能在这"荒原"上轻松、平衡地"飘"起来,他像个侦探,他从一切表象中都嗅到危险的气息,他觉得这后面必定有个"本质"、有不为人知的庞大阴谋。那个阴谋还真的有,它逐渐显露,到小说最后,我们惊悚地发现,原来这其实是由电视影像、由商品和金钱的幻觉控制着的虚拟世界,它悄然置换了人的主体,从人类生活中取消了"真实""永恒""自由"。

那么这个漏勺式的世界还剩什么?剩下"哇噻、哇噻、哇噻!",剩下在电视机前、在商场里的晕乎乎的欣悦。

所以,俄罗斯文学中那个"黑洞"仍在,佩列文的语言可能和阴郁优美的前辈大师们很不相同,但他依然有一种强大的冲动,无论如何也要扎进生活的最底部,在那里发出绝望、庄严的声音,在那里探索人获得拯救、获得幸福的可能性。

——这可能不是一种正常的生活态度,如果你在生活中这么干你大概不会获得一般意义上的"幸福",不会"成功",不会"快乐",但这绝对是一种真正的文学精神，是作家在这个世界上存在下去的根本理由。

那么，阅读《"百事"一代》时，我还真的忍不住想起中国的作家。当然首先想到了王朔，王朔在他的文章中（而不是小说中）对电视文化有过分析，但在这个问题上他远远没有达到《"百事"一代》的深度；他和佩列文是绝不相同的两类作家，"宏大叙事"依然是后者作品中隐秘的磁极，而王朔根本不信这个。至于其他很多"晃晃悠悠"的中国作家，我觉得他们是用生活的态度写小说，所以基本上就是干了一件事：大喊"哇噻哇噻哇噻！"。

卷　四

平安无事的碰撞

——《自由风格》

"动感的摇滚和沉思的哲学在一起交流碰撞,简直就是一个特殊的文化事件。"

——这是《自由风格》封三折页上的一句话,"动感的摇滚"是崔健,"沉思的哲学"是周国平,崔和周坐在一起漫谈,主要是周问,崔说,就有了这本书。我并不认为这是"特殊事件",这两人也许都曾是某个"特殊事件"的制造者,但他们的"碰撞"平安无事,两个中年人,功成名就,谈音乐、谈人生,甚至谈子女的教育,如此而已。

日常交谈中的周国平显然不擅言辞,他不是一个有冲击力的、机敏或凶猛的采访者,他温和,讲礼貌,而且面对崔健他像是面对博物馆里一件珍贵藏品,这种对"历史"的敬畏阻碍他自由发挥。所以,《自由风格》有一种内在的沉闷,崔健差不多是提着精神作漫长的独白,而我宁愿听崔健的歌,因为在他的音乐中,崔健能说出自己的、独特的话,离开音乐,这个人的话就是老生常谈了。

崔健料到有人会这样说,他在序言中摆好了防御姿态:

　　当我整理完我的采访录后才知道,这还是和我想象的或是和我想要表达的不一样。原来文字在说出来前和说出来后有如此大的区别。要不然就是我不愿对落在纸上的我的言论负责任。……如果有一天谁来告诉我:"这儿说错了,那儿说的不对……"那我现在就告诉你:"那是我激动的时候说出来的。"或者说:"去你妈的吧,我才不想跟你们无止境地玩文字游戏呢,我是玩音乐的。"

　　的确,他是"玩音乐"的,所以我根本不想谈论"这儿说错了,那儿说的不对",况且我认为他的问题不是"说错",而是说得太"正确"。"正确"的文字遍布陷阱,玩音乐的崔健在玩文字游戏时不知不觉地让自己掉了进去。

　　《自由风格》中随处可见巨大的概念和范畴:人、中国人、东方西方、民族、历史、文化、时代,等等。这些词语具有框架作用,就像拳击台上的围栏,两个人无论怎样你来我往、拳打脚踢,思想的范围和规矩早已划定。比如,崔健特别喜欢说东方人如何如何、西方人如何如何,当然一般是拿西方人来批判东方人;似乎在他的世界观中,世界只有两个方向:东方和西方,连南方和北方都没有,而且东和西都有某种固定的、确切的本质。

　　按说,周国平应该对此有所警觉,他应该指出这是"形而上学猖獗"、是思想的懒惰和麻痹,"东方"和"西方"之类的词遮蔽了事物的千差万别。但周没有。实际上,有时崔健本能地说出了"不着调"的话,周国平马上就会出来维持秩序,比如崔说:"可能中国文化是个人文化,应该正面承认这一点。"周的回应坚决、强硬,发生了整个谈话中少有的一次真正"碰撞":

> 我觉得中国的主体文化不是这种东西……个人是没有地位的，它强调的是家庭的稳固、社会秩序的稳固，为了这些可以牺牲掉个人。

——我们都知道，只要一谈"中国文化"，话就得这么说，这个词后面跟着一串约定俗成的顺口溜儿；崔健在书中也没少说顺口溜儿，但在这里，他脑子短路了，他结结巴巴地说了句不守规矩的话，周国平就不得不告诉他，"个人"这个词是不能与"中国文化"以肯定性的句式连起来说的，尽管这是崔健关于"中国""东方"的一堆牢骚中仅有的电光石火，但这一句恰恰就冒犯了支配着文字和思想的陈腐"知识"体系。

所以，《自由风格》仅仅证明了崔健还是应该专心"玩音乐"。在书中一些最有力的段落中，他反复表达了对"文字"的怀疑和警惕，他知道"文字"有一种专制性力量，常常使人远离事物，他以为他能逃得过去，但落到纸面上一看，他还是在围栏里，"事件"没有发生，顶多是出了点无伤大雅的"事故"而已。

正因为这样，我们才需要音乐、需要摇滚，需要 Freestyle（自由风格），需要"第一速度""脑筋不转弯"，需要以吉他对"文字"进行反抗和批判。

双臂大回环？

——《凤凰美文大比拼》序

这本书里有一篇短文，题为《细枝末节的新生活》，说的是每天凌晨四点，一女士穿过香港的街道去上班：

> 这条街道还有一个保安天天出现，说他出现不如说是他的胳膊天天出现，因为他基本上都是躲在某个门洞里，可能因为夜里穷极无聊或是躲避困倦，他总是前后甩动胳膊，作双臂大回环，而我每次拐过街角，准能看到一双手臂上下翻飞，我一直不记得看清过他的脸，但如果哪一天没有看到这双手臂，就会担心他是不是身体有恙。一路上我经常思考的问题就是，他是一整夜都这样运动着呢，还是每天四点钟，也就是我上班的时间，才有这等好心情活动活动……

——我的看法是，这双准时翻飞的胳膊象征着该女士的工作。该女士供职于凤凰卫视，是电视人，而盯着电视机，我也经常思考：在我眼前或喜气洋洋或严肃沉重的这些女士们先生们，他们是天天从早到晚这样"运动"着呢，还是每天晚上七点，也就是我打开电视的时间，才有这等好心情或坏心情"活动活动"……

当然，这样想事儿证明了我的"复杂"，我老妈就不这么复杂，所以她是兴致勃勃的老妈，她每天必看一个表现百姓生活的节目，而且坚定地认为她有义务向某某小姐随时反映我们这片小区的最新情况；"某某小姐"，这是我的叫法，那位在电视上侃侃而谈做贴心贴肺状的女士据我老妈说来倒像个蜘蛛精，盘踞在由电话线编成的巨网中央：

我给某某打电话了，咱这垃圾道又堵了。

那狗叫了一夜呀，没法儿睡！夜里三点我给某某打了个电话。

当然，接听电话的其实从来不是某某本人，但这并不妨碍我老妈的信念：这位某某是 24 小时做着"双臂大回环"的，随时准备倾听她的呼声。

对此，我有不同的看法，我认为这位可爱的小姐也会下班，她也会扔垃圾，她的狗也会在温暖的春夜狂叫，当然她还得吃饭、睡觉，也就是说，在电视机之外，她有她的生活，和我、和我老妈一样。

所以，我断定我老妈的信念基本上是一种幻觉。

但这无疑是必须精心维护的幻觉：电视机前的观众朋友们，你们必须相信我们不一样，因此我们是居高临下的，是可信的。

这里边的逻辑关系是这样的：在任何一件事情上，我老妈对我的话都是将信将疑，因为她真的想象不出她这个天天在眼前晃荡的不成器的儿子能说出什么真理，而某某就不同啦，某某虽然也是天天在她老人家眼前晃荡一回，但那闺女是完美的，她之所以完美是因为她身上没有任何私人的驳杂、具体的内容，她就是一个完美、纯粹的形象和声音——真理或道理或事实的声音。

于是,有一段时间我热衷于购买和阅读电视明星们的著作,我心理阴暗,我希望当他们以一个人的身份写作时,能够露出破绽,以便我从中发现一些让我老妈从此对我和对电视都刮目相看的证据。

结果呢,我当然没有得逞,电视明星们在他们的书中依然做着神话般的双臂大回环,而他们的肉身,他们真实的生活、感觉和情绪依然躲在某个门洞里,我们看不见。

现在,我对此已经不抱什么希望,相反的,我对这些明星们崇高坚韧的奉献精神满怀敬意:他们必须在任何时候维持完美形象,哪怕是在下班以后,面对自家的电脑写作,他们也没有忘记广大电视观众正在注视着他们。

——这恐怕很累,但他们就是干这个的,况且他们也因此获得了补偿:他们拥有与"形象"之下的那个头脑和身体未必相称的名声。

一个人累,这是他的选择或命运,对此我没什么意见;但一个人如果无趣,我就有意见了,如果这个人天天在我眼前出现,他还无趣,我认为这不仅毒害了他自己的生活也毒害了大家的生活。

辨别"无趣"和"有趣"的最简便的办法,就是看看此人能否在某个时刻坦然暴露出一个其实没必要捂着的基本事实:他和别人是一样的,有一样的血肉、欲念、犹疑、困惑,一样的人间烦恼和人性弱点。

以此衡量,写出了著作的电视明星们基本上是无趣的,但偶有例外,比如眼前这本书算得上有趣。它是由凤凰卫视的女士们先生们写的,看了这些文章,我愿意和他们中的大部分人喝点小酒什么的;另外,我也觉得凤凰卫视也是一个有趣的电视台。

有趣的电视台又该是什么样呢?如果我说该像凤凰卫视那样,显然是循环论证兼有拍马屁之嫌,我只好说,衡量一个电视台是否有趣的办法在于:其中的先生女士们是否具有一种起码的自嘲精神,这种精神是对自身限度的清明警觉,是对真实的浩瀚生活的忠直、敬畏和好奇心。

——在我看来,这应该也是电视和大众传媒的精神。

话"西游"

——答《北京娱乐信报》问

问:《悟空传》《沙僧日记》卖得热火朝天,就像当年的《大话西游》《春光灿烂猪八戒》,都以叛逆名著为创作基础,是否说明文学丧失了创新能力?

答:从这点儿现象恐怕得不出那么大结论。而且又何必在《悟空传》和《沙僧日记》里去找文学的"创新能力"?我们该找的倒是流行文化的"创新"能力。

问:在纯文学创作日益不被大众看好的今天,《沙僧日记》《悟空传》为什么如此有市场?

答:你这个问题暗藏诡计,好像说纯文学不被大众看好是因为它们不像《沙僧日记》《悟空传》。对此,我只能说,第一,我根本反对"纯文学"的提法,因为不存在一种没人看的、蒸馏水一样的文学。第二,在一个社会的正常情况下,总是《沙僧日记》《悟空传》这样的东西比较有市场,它至少有更强的消费性,我算是专业搞文学的,我也愿意在卫生间读它。但是第三，如果因为它有市场，我们就赋予它一种文化霸权，我觉得我们就真是有病了，这就像凭手上的茧子多少上大学一样。

问：为什么在诸多名著中《西游记》被戏说的最多？是否因为它的神话色彩？

答：很简单，因为周星驰先戏说了。这倒正好说明大陆流行文化的"创新能力"是多么匮乏。而《西游记》也确实便于戏说，因为它所涉及的人类经验相对单纯。如果你去戏说《红楼梦》《战争与和平》，你会把自己弄成个傻瓜，它们涉及的经验太复杂了，你没法儿抖着小机灵快乐地去对付。

问：《悟空传》最早是网络文学，网络在这类作品的传播与发展中起到了什么作用？

答：当然有作用，网络就是群众狂欢的场所。而且网络上"此时此刻"的原则是支配一切的，也就是说，一切都得当场兑现，变成笑声或怒吼或点击率。所以，网络肯定是个抖机灵或吵架的好地方，它不太适合表达复杂、精细的东西。

问：那么，谁在写，谁在看这类作品？颠覆名著是娱乐时代的成名捷径吗？

答：我不知道谁在写。谁在看呀？是不是"小资"呀？至于是否是"成名捷径"，没研究过，反正往人多的地方扎总是"成功"的概率高一些吧。

问：这种写作是否是对名著的亵渎？

答：如果我是吴承恩我会很高兴。我们常常忘了，《西游记》本身就是"大话""戏说"，是对《大唐西域记》的戏说、对历史上的玄奘的戏说。这种"大话"历史上在民间广泛流传，最后有一个人——据研究者说他叫吴承恩——把他写成定本。也就是说，《西游记》本来就是开放性文本，其中充满民间的欢乐精神，只是到了现代，封为"四大名著"，跟四大金刚似的，一下子把它封闭起来，庙堂化了。现在咱们广大群众跟着星爷重新把它打开，我觉得这很正常。

问：《大话西游》和《悟空传》《沙僧日记》之类的作品可不可以都归入"后现代"的范畴之内？

答：是"后现代"。《大话西游》全面采用了"后现代"的策略，包括对经典碎片的拼接、戏仿。但问题不在于它们是不是"后现代"，而在于中国何以就"后现代"了？我们当然可以说，在当下中国的复杂历史境况中，一部分人可能确实像纽约、巴黎的人一样感到"后"了"现代"，但这种感觉中有没有虚假成分？它是不是一叶障目的结果？或者说，这里是否有一种群体性的闭目塞听、拿肉麻当有趣？

问：大家为何热衷于"大话"？我们的社会文化是否越来越"童稚化"了？

答：有"童稚化"的文化，恰恰说明我们不"童稚化"，很成熟甚至熟透了。这有两个方面，一是什么也不信，光棍眼里不揉沙子，你看《沙僧日记》，多贼呀，好像什么都骗不了它。但另一方面，就是极端世故，一个什么都不信的人要么去当高僧，要么就成了玩世不恭、游戏人生的实利主义者，那等于最终什么都信、什么都接受。

所以，与其说是"童稚化"不如说是"老化"，心灵的"老化"。

问：喜欢"大话"的人和厌恶"大话"的都不在少数，形成两种壁垒分明的态度，年龄的因素在其中起了多大作用？真的可以以"大话"为界分为两代人吗？

答：现在分代的指标太多了，"大话"也算一个吧。我觉得没必要在这个问题上较劲。也就是说，就算你张口就是《大话西游》，好像也没什么可骄傲的，相反，听到"大话"就厌恶，也未必说明你就多严肃多正经。大概十年前我就看过《大话西游》，从此逢周必看，现在从来不说"大话"是因为不好意思跟在一帮小孩儿后边儿撒娇,况且,年近四十已经满嘴套话了,没必要再学新的套话。

问:对名著如此改编,会不会影响人们对名著的认识?一个没有读过原著的中学生,在看了《沙僧日记》后,会产生什么后果?

答:什么后果?不会学坏吧?我们很多时候是大惊小怪瞎操心。真正需要操心的不是让不让人看《沙僧日记》,而是在正规的人文教育中,是否培养了对"经典"、对深厚优美的汉语的热爱。这是两回事,没必要放在一起来谈。如果一个人读过《西游记》,《沙僧日记》不可能"影响"他对《西游记》的尊重,除非他弱智;相反,如果他根本没读过,那是中学老师的错,与《沙僧日记》无关。

2003 年

构筑我们的文学家园

——人民文学出版社 50 周年

1951 年 3 月，人民文学出版社成立，至今 50 年。

在中国，有文学阅读习惯的人不可能不知道"人文社"。从四部古典到《鲁迅全集》《围城》，从《林海雪原》《青春之歌》到《沉重的翅膀》《白鹿原》，从《外国文学名著丛书》到《20 世纪外国文学丛书》，人文版图书化为无数人不可磨灭的个人记忆。在相当长的时间里，这家出版社是中国人文学阅读的主要窗口，新中国的文学出版事业由这里开始，我们对世界的梦想、我们的精神成长、我们对祖国语言的敏感、我们对文学终生不渝的热爱常常也是从这里开始。在这个意义上，人民文学出版社不仅是设在北京朝内大街的那幢大楼里，它是我们生活中一个隐蔽、持久的因素。

世界上很少有一家出版社对一个民族的精神生活产生过如此深入的影响，极盛时期的美国兰登、法国子夜也不能比拟。在出版行业，"人文社"是辉煌的品牌，它拥有一流品牌的所有要素：信誉、作者和读者的忠诚、巨大的文化影响力和市场影响力。

但是，这也正是人文社的危机所在。这家出版社迎来了它的50周年，这给了人们一个"怀旧"的话题，追忆它的昔日辉煌、它的发展和业绩；但同时，历史也更清晰地对照出现实，人们尖锐地意识到，人民文学出版社面临的环境有了深刻的变化，市场化进程使越来越多的出版机构获得充沛的活力，它们雄心勃勃，机敏强悍，全力以赴地争夺作者和读者。当细密分工、分级，各安其位的图书出版行业逐渐转型为开放的、平等竞争的市场时，人文社遭遇着最严峻的挑战，任何新起的竞争者都可能抓住一个机会，取得一分进展，而人文社为维持它的优势却必须抓住最多的机会，以最大的规模持续扩展。不进则退，而进是艰难的，退是容易的，那么，当50周年来临时，真正的话题是，人文社准备好了吗？它是否会有下一个50年的辉煌？

2000年，人民文学出版社组织评选，与四家出版社合作推出了《百年百种优秀中国文学图书》，其中人文社占47种。这既是对20世纪中国文学出版事业的总结性回顾，也是对百年中国文学史的一次审慎梳理。这件事照例会引起争议，一份完美的、被所有人认同的选目实际上是不可能的。尽管设定的入选门槛是"图书"，包含着图书出版行业的评价尺度，但由于时间跨度已达百年，实际操作中所凭恃的主要还是图书的文学史价值，而从1900年到1999年的文学史视野远未尘埃落定，它仍然有待于我们不断地观察、商谈和争辩。《百年百种优秀中国文学图书》本身就是这种商谈和争辩的结果，它归纳了关于百年文学的主流判断，为公众提供了就我们的传统、我们的"经典"进一步商谈和争辩的平台。

建构传统就是在构筑我们的意义世界——在过去和现在之间建立起充分、确凿的意义关系，从积累下来的过去走向现在和未来。作为一家出版机构，人文社一直致力于传统的钩沉、整理和传播，日积月累，

50年未曾稍懈。从中国古典文学到中国现代文学再到世界文学，人文社逐渐建立了系统的、比较完备的基本书目，这是我们文学和文化的基础工程，而《百年百种优秀中国文学图书》是其中一项最新的重大进展，它在世纪之交时显示了人文社的雄心、活力，重申了它以国家文化建设为己任的根本宗旨。

人文社也许真的准备好了，它正在迎接挑战。这是深思熟虑的姿态，其中贯彻着一种精确的平衡感：当它当仁不让地夺得《哈利·波特》的中文版权时，它是一个令人生畏的敏捷的竞争者，当它与四家出版社共同推出《百年百种》时，它又表现出和衷共济的合作精神；通过《哈利·波特》，它再度确立了在儿童读物方面的市场地位，通过《中学生课外文学名著必读丛书》，它介入教材出版市场；同时，《百年百种中国优秀图书》则对它多年积累的雄厚书目资源、版权资源进行了大规模的重新开发。

——这里有敏锐的市场嗅觉，又有坚定的文化承担，既有维持本身优势的决心，又有开拓新领域的旺盛企图。当人文社迎来它的50周年时，人们似乎没有理由怀疑它传奇般的成功历程能否持续下去。

但考验远未终结。人民文学出版社不仅是我们伟大文学传统的守护者，同时也是文学写作和艺术创造的前沿。它的当代文学书目清晰地反映了中国当代文学的发展脉络，这种地位在上世纪80年代至90年代初期几乎无可匹敌，前四届茅盾文学奖获奖作品共有14部，人文社竟独占10部。在这个意义上，它不仅是一家出版机构，对当代文学主流的准确把握、对思想探索和艺术创新的深切理解、对真正的才能和真正的佳作的超凡敏感，这一切使它成为重要的文化力量。人文社曾是一个做出判断的地方，而它的判断有强劲的说服力。它正是凭着这种说服力感召着作者和读者。

人文社有理由自信。但现在的问题是，在急剧变化的文化环境中判断的难度正在大大提高。上世纪 90 年代的巨大变革使得社会结构日益复杂,各种各样的人群有着不同的文化诉求,他们的视野、趣味、话语方式既相互扩散、影响又有寻求自身特性的冲动。我们的文化生活、文学的写作和阅读活动因而布满千姿百态的差异。——我们从未遭遇如此生机勃勃、纷繁喧嚷的景观,这是过去二十多年改革开放的重要文化成果,也是市场化进程的重要社会成果。如此丰富的精神需求和阅读期待不断涌现,作为一种文化产业的文学出版由此获得了新的发展空间,而这个行业的发展又为作者提供了更多的机会,为读者提供了更多的选择。

于是,2000 年对人文社来说或许具有某种象征意义,它面对了难度,也在克服难度。这一年,第五届茅盾文学奖揭晓,人文社的《尘埃落定》获奖,这恰恰是一部与人文社以前所有获奖作品相比美学风格差异最大的小说。同年,人文社出版了王蒙的"季节系列"、方方的《乌泥湖年谱》、张宇的《软弱》、孙惠芬的《歇马山庄》、潘军的《独白与手势》、毕淑敏的《血玲珑》等长篇小说和邓贤的《流浪金三角》等长篇纪实文学。其中,王蒙的作品汪洋恣肆,深入地反思共和国的历史和知识分子命运,以如此巨大的魄力展开"历史中的精神",这在当代文学中前所未有;而方方的着眼点在"历史中的生活",她使谱志这种传统体裁的叙事精神获得了现代意义,历史由此被还原为生活。张宇、孙惠芬、毕淑敏等人的作品对当下现实富于洞见的观察和想象则从不同角度拓展和深化了人们的经验领域。潘军的探索提供了华丽的文本,而《流浪金三角》充满行动的激情和冒险犯难的生命意志。

——由此我们清晰地看出了人文社的文化姿态,那就是以主流文化为主导,兼容并包。这种态度是自信的,但是清醒的自信。以主流文化为主导,意味着对文学基本价值的坚守,对我们的历史和现实的承担,这是人文社文化地位的基础,由此出发,才能克服难度,真正地理解差异，才能做到海纳百川的兼容并包，才能知道我们的文学正在发生什么和将要发生什么。

要知道我们的文学正在发生什么和将要发生什么，一个人除了有坚定的文化立场、充分的知识准备和经验准备，还必须有旺盛的精力、绷紧的神经，有宽阔的社会视野和文化视野、当机立断的勇气和一份活跃的好奇心、一种对自身局限的意识。这一切加起来，对一个人来说是过分的要求，但对人文社这样的文化重镇来说则是正当的期望。

人民文学出版社的最初创建者是一列碑铭般的名字：冯雪峰、聂绀弩、楼适夷、周立波、张天翼、曹靖华、冯至……他们都是中国新文化运动的参与者，他们曾以烈火般的青春激情为民族文化的新生和复兴而探索、战斗。在50年前，当筹划建立新中国第一家专业文学出版机构时，他们心中必定怀着深沉、宏远的理想，他们做的绝不仅是出书卖书赚钱的事，更是一项持续发展的文化建设：保存和传播我们的文学传统，激励和推动我们的文学创造，从而构筑我们的文学家园。这一理想在几代人中薪火相传，发扬光大，到2000年，人民文学出版社社长聂震宁断言：真正的文学出版是"愚人的事业"——怀着执着信念的"愚人"们走过了辉煌的50年，他们迎来了一个新的世纪、新的50年，"有非常的激动"，"有隐隐的不安"，"有较之以往强烈得多的奋发进取的欲望。"（聂震宁：《跨过千年门槛之后》）

谁更像雷蒙德·卡佛?

——关于《火》

你们不知道什么是爱布可夫斯基说
我五十一岁了看看我
我爱着一个小娘儿们
我发过脾气不过她也挂断过我电话
所以没关系的老兄就应该是这样
我进入她们的血液她们没法把我弄出来
她们千方百计想离开我
可是最后她们全都会回来
她们全都回到我身边,除了
我甩掉的那个
我为那个哭过
可是当时我动不动就哭
别让我喝烈酒老兄

我会变得招人厌
跟你们这些嬉皮士
我可以整夜坐在这里喝啤酒
这种啤酒我可以喝十夸脱
一点事没有它跟水一样
可是让我喝上烈酒嘛
我就会开始把人扔出窗户
谁我都会扔出窗户
我干过
可是你们不知道什么是爱
你们不知道因为你们从来
没有爱过就那么简单
……

  年轻的时候,我也不知道什么是爱,在深夜,在三里屯的某个酒吧或东直门外某个肮脏的酒馆,大家都醉了或者醉去醒过来,反正每个人都目光涣散,这时会有一个老家伙,他长着络腮胡子——似乎全世界的老流氓都长着络腮胡子,他攥着啤酒瓶子向刚出道的雏儿们宣讲他的业绩或他的罪孽。如果你坐在他旁边,他会一边讲一边死命拍打你的肩膀或后背,好像这个疯子要把一根钉子拍进你的身体……

  如果我把他的话记录下来,那么,大概就是上边那些,当然,你知道,全世界的老流氓都是一样的。

  多年以后,我读到卡佛的这首诗:《你们不知道什么是爱——听查尔斯·布可夫斯基一夕谈》,仿佛旧日重来,我看到那一张张老脸——对不起,我甚至想起李白,千年以前,他在长安的酒肆里肯定也是这么干的。

而且我恰巧知道这位布可夫斯基——在港台，他叫布考夫斯基，甭管是可夫还是考夫，反正就是他。大约七年前，一个朋友送了我一本港台版的布考夫斯基的书，短篇集，里边充满了酒、女人、破败的公寓、黑暗的街道和一个胡子拉碴的、脏的、愤怒的家伙。

那本书后来下落不明，连书名我都忘了，但是那种乌烟瘴气阴郁狂暴的劲头忘不了。现在，读卡佛的《火》，翻到中间，赫然看见了他：啊，是他，是这个老家伙。

可惜这诗在集子中没有纪年，我不知它写于哪一年，但肯定是卡佛出了名以后，作为"年轻新锐作家"和这老家伙共度了一个晚上，那肯定是充满了酒和烟的喧闹的夜晚，老布盯上了可怜的小卡，没完没了地唠叨，卡佛把老布的话记下来，就成了诗，而且是卡佛一生中最长的诗。

布可夫斯基盯上卡佛不是没理由的，你知道，这些坏脾气的老流氓从不掩饰他们对人的好恶，青眼白眼，泾渭分明。但是这个晚上，布可夫斯基盯上了这个年轻人。他们之间确实有显而易见的共同点，他们都不是西装革履的作家，都毕生嗜酒，他们都在社会的底层长期生活，他们都长期毫无理由地坚持写作。

卡佛第二天宿醉方醒，把老布的话一行行记下来，我真想知道他的感想。

卡佛出道后就被人和海明威相比，我相信卡佛一定为此深感苦恼，人们满怀善意地夸你，说你像海明威——另一个留络腮胡子的家伙，可是天知道我怎么像他，我为什么像他，似乎像他倒成了我的荣耀，好像我是旭日阳刚，我要不像就不识抬举就不乖。

很大程度上是因为那个"极简主义"，现在我们知道，作为一个"主义"，那与其说是卡佛的创造，不如说是编辑的创造，卡佛实在无法拒绝编辑老爷的好意。顺便说一句,有一天,徐则臣对我说,他觉得编辑删过的卡佛其实好过后来编辑不敢删的卡佛。我同意,这本《火》里,诸如《人都去哪儿了?》,我估计编辑没删过,那就是一片狼藉。编辑的删,卡佛是情愿的,挂上"极简"的标签,他也是情愿的,但穿一身电报局的绿制服扮海明威,卡佛可能不大情愿。

现在,在"创作谈"中,新锐卡佛正诚惶诚恐地交代自己所受的影响:

> 我没有办法谈一谈可能影响过我的书本或者作家,难以多少有把握地确定那种影响,即来自文学的影响。如果我说我读过的一切都对我产生了影响,那就跟我说我认为任何作家都不曾影响我一样并非实情。

好吧,我们都看到卡佛愁眉苦脸的样子,他正在字斟句酌地兜圈子,这可根本不像布考夫斯基,但转了一圈之后,卡佛知道他还是不得不面对那个该死的问题:海明威。

> 例如,一直以来我很喜欢海明威的长篇及短篇小说,但是又觉得劳伦斯·达雷尔的作品独树一帜,语言上无人能出其右。

好吧,我承认!可是,还有达雷尔!

> 当然,我写的不像达雷尔,他当然根本不能算是"影响"。有时,人们说我写的东西"像是"海明威写的,可是我不能说他写的东西影响了我的。我二十几岁时最早读到和佩服过许多作家,例如达雷尔,海明威也是其中之一。

读无尽岁月

——可怜的小卡啊,他真是小心翼翼,为了把海明威请走,他特意垫上一个达雷尔。我根本不知道达雷尔是谁,我知道卡佛的意思是,我其实更喜欢达雷尔,他比海明威更"右",但达雷尔不曾影响我,所以,真的,很抱歉:海明威也没影响我。

在这篇题为《火》的长文中,卡佛接着对个人生活与写作做了漫长的回顾,总结一下就是:文学上真正对我有影响的,是我的两个儿子,是的,那两个可怕的小鬼,他们使我的生活变成了拥挤嘈杂的噩梦,我只是在这噩梦中拼命设法伸出头来,抓紧时间写一点东西,我根本没工夫不"简"。

他没有再提到海明威,但是,我认为他的忆苦思甜其实是在强调与海明威的区别,比所谓"电报体"更具本质性的区别。是的,海明威不会理解卡佛的压力和承受,那不是什么英雄壮举,不是山姆大叔的冒险,那只是过日子,无意义的、战战兢兢看不到尽头的日子,按卡佛的说法是,随时担心有人从屁股底下把椅子抽走,所以,别跟我说什么勇气,那不是勇气的问题,那是忍耐、挺住,慢慢疯掉。

这种区别如此明显,人们竟然视而不见,卡佛显然对此感到郁闷。海明威在一个尺度大得多的世界里活动和想象,而卡佛,他在缝隙里,他的空间几乎从未超出最小的、最起码的生活尺度。他的几乎所有小说,都是关于丈夫、老婆、父母、孩子、酒友,没有别人了。是的,这就是有些人的整个世界,他们一生都走不出去。

卡佛是一个美国农民工的儿子,"农民工"在此不是比喻,这是事实。据卡佛在《我父亲的一生》中回忆,1934 年,他父亲从阿肯色州的农村出来谋生,"走过路,搭过便车,也搭过铁路上的空货车","有段时间,他摘过苹果,然后在大河谷水坝当建筑工人"。然后,"回到阿肯色州去帮助他的家里人(也就是我的祖父母)收拾东西搬到西部。我爸爸后来说他们在那里快饿死了,这样说并不是比喻"。他娶了个女农民,把亲戚朋友一大帮人陆续带到西部一个叫雅基马的小城,凭着磨砺伐木锯的锯齿养活一家子人,酗酒,渐渐地老下去、垮下去,死掉。

最令人心痛的是,卡佛的爸爸身体垮掉之后的沉默和茫然:"回雅基马的整个路上,他都不说话,甚至直接问他什么事('你感觉怎么样,雷蒙德?''你没事吧,爸爸?'),他也不说话。他不表达什么,真的表达时,是动一动手或者把手掌掌心朝上,似乎说他不知道或无所谓。""接下来的几年里,他干不了活,一直是在家里这儿坐坐,那儿坐坐,想弄清楚下一步该怎么办,也想弄清楚他这辈子哪儿做错了,让他到了这步田地。"当然,弄不清楚。

他爸爸叫雷蒙德,卡佛也叫雷蒙德,所以,有一天,妈妈打电话给儿媳妇,张口就说:"雷蒙德死了!"儿媳妇吓了一跳,还以为她说的是我们的作家。

卡佛小说中的人,差不多都是雷蒙德。他们茫然无措地经受着生活的沉重和无常,不知道哪里出了问题,想不出来,也说不出来。

——一个沉默的坚果,在钳子下渐渐碎裂。这是生命内部的无言,是卡佛所有小说的基本特征,沉默的小说。沉默不是不想说,而是,无从说起,没有现成的语言,没有概念、观念,没有自我表意的系统和习惯,既不能自我诉说,也不能自我倾听。

只有酒、怒气,含混不清的低语、茫然的眼睛和哭泣。

卡佛的父亲如此,卡佛自己在生命的大部分时间里也深陷于此,仅仅凭着不可思议的天赋和坚忍,他才能自沉默之海中挣扎出来,做出述说。

卡佛当然不像海明威，他当然没有海明威那种英雄气和壮汉气，更重要的是，海明威的人物有强烈的自我意识或为强劲的作者阐释所包裹。当海明威的人物孤独时，他自己知道那是孤独，他由此获得存在感；即使他不明确地知道，海明威也知道：看，这是孤独。但是卡佛笔下那些孤独的人，他们只是茫然地觉得不对劲，并为此慌乱，仅此而已。

卡佛之简，是出于天性，出于两个闹翻天的小鬼，出于他的老师约翰·加德纳的教导，出于他的编辑戈登·利什的强化，但最终，经过顽强、持久的磨砺，他达到了关于人、关于他的世界的洞见：必须简，因为这里没有比喻和升华的余地，这是一种"前存在"的状态，人如同婴儿，受苦的婴儿；能做的，唯有用文字捕捉和确定事实。——当福楼拜如此为现代小说家确立工作基准时，他也有力地界定了现代生活的基本状态：拒绝阐释、无可阐释，没有上帝、没有邻里、没有参照的无数孤岛上，生活着不识字的鲁滨孙，书写的唯一可能就在于陈述事实、照亮沉默，让前存在的疼痛和呻吟成为对存在的召唤。福楼拜的《简单的心》或许是卡佛的先声。

在小说《人都去哪儿了？》中，那个倒霉蛋想起了父亲：

> 我爸爸是在睡觉中去世的，八年前，那是个星期五晚上，他死时五十四岁。他从锯木厂下班回来，从冰箱取出几根香肠当第二天的早餐，然后坐在厨房的桌子前，在那里打开了一瓶一夸脱装四玫瑰牌威士忌。那段时间他心情很不错，很高兴能重新工作，那是在他先是因为败血症，然后因为什么事导致接受电击疗法而离开工作三四年之后。（我当时结了婚，那段时间住在另一个城市。我有了孩子，还在上班，自顾不暇，所以对他的情况没办法跟得很紧。）

——和《我父亲的一生》相对照，谁都看得出来，这就是卡佛的爸爸。卡佛把他爸爸提炼成了一种生命规律：像他这样的人，一生注定失败，这"注定"不是命定，没有任何超验因素，他的生活中并无上帝或上苍，这是一种自然惯性，如同草木凋零。所以，关于这种惯性的社会历史结构，卡佛从来没表现出什么兴趣。

　　卡佛的小说基本上就是对这种自然惯性的力学分析：人们如何挣扎，如何今儿真高兴以为柳暗花明，但转眼又被裹挟而去。

　　这是对自由意志的嘲讽。我确信，卡佛真的没想得罪什么人，但他可能真的得罪人了，"爱国者们"将会暴跳如雷。作为一个真正的美国作家和一个完全不同的美国作家，卡佛把美国的无意识变成了美国的某种自我意识，提供了一种完全不同的美国镜像：失败者的美国、无梦的美国。

　　在《家门口就有那么一大片水》中，斯图尔特和几个朋友去野营钓鱼，在河边发现了一具女尸，后来我们得知这是一桩惨案，那女子被强奸杀害。但问题是，斯图尔特和他的朋友们不打算让这件事毁了这个周末，他们照样钓鱼、打牌、睡觉。这个过程中，为了不让女尸漂走，很可能是斯图尔特居然用绳子把她拴住；最后，玩完了，散伙回家了，他们才想起来报警。

　　可想而知，舆论哗然，令公众震惊的不仅是惨案，还有这些守法公民、这些好丈夫和好父亲的麻木。斯图尔特的太太克莱尔，由于某种始终不曾明说的原因，更不能接受丈夫的行径，这个家庭竟因此濒临崩溃。

　　斯图尔特慌了，他极为苦恼，他不知道什么地方出了错，他的慌不是因为良心谴责，而是因为他真的不明白，周围的世界仅仅因为他没做什么就开始坍塌。整个小说最打动我的，就是该老兄的气急败坏、无以言表，他是如此弱、如此无助。

上帝在哪儿？知识分子在哪儿？来个心理医生也好啊，他们就是干这个的，他们会给斯图尔特一套说法，让斯图尔特或者安心或者上吊，但是他们在哪儿呢？

在卡佛的世界里没有为他们留下位置。我知道他写过《大教堂》，也据说，这表明卡佛的后期终于领会了人间温情，终于明白了人是要有点精神的——他都那么成功了，再不明白这个就对不起大伙儿了，但是，读小说不能那么老实，不能作者说什么就是什么，你把《大教堂》反过来看，也许就能看出要害所在。

这里出现了一个外人，来自远方，你知道，卡佛的世界里是很少来外人的。此人是个盲人，这意味着，他与表象的世界绝缘，当然，他不是聋子，也不是哑巴，他甚至是个业余无线电爱好者，他拿手的事就是听和说：倾听和诉说。这个八竿子打不着的家伙坐在起居室的沙发上，和"我"一起看电视，电视里播出了大教堂，他就和"我"谈起了大教堂，他当然看不见，他要"我"描绘给他听。"我狠狠地盯着电视上大教堂的镜头，我从哪儿开始描绘呢？但假如我的命就要赌在这上面，假如一个疯子非逼我描绘一座大教堂，否则就要了我的命的话，我该从哪里说起呢？"

结果，如你所料，"我"困难地向他描述着，这个疯子不断地加油叫好，然后，他忽然提出了一个匪夷所思的建议：让"我"闭上眼，画出一座大教堂。

闭上眼了，他的手骑在"我"的手指上，"我"画着。渐渐地——

> 我的眼睛还闭着。我坐在我自己的房子里。我知道这个。但我觉得无拘无束，什么东西也包裹不住我了。

我说："真不错。"①

是啊，真不错。我们都知道发生了什么。这个盲人，他把一种自我倾听和自我表达的能力给了"我"，他让"我"这个不信教的人在今天晚上发现了心里原来有一座教堂。

但是，你我都知道，卡佛也知道，这件事的前提是盲人的手骑在"我"的手上，是有一盏灯，照亮那个沉默："写《大教堂》的时候，我在一种冲动中感到：就是我们为什么要写作，就是这些。写那篇故事对我来说也是展开自我的过程。"（《卡佛自话》，见《大教堂》）也就是说，卡佛在写《大教堂》时，自我冷不丁地展开了，他忽然意识到他不仅是"我"，还是那个盲人。

某种程度上，卡佛是对的，作为写作者，他处于一个悖论之中，他写的是沉默，是对无以言表的言表。但这件事的另一方面卡佛似乎没有想到：如果这个饶舌的盲人一开始就在的话，那么卡佛的绝大部分小说都将无法成立。当然那个盲人也不可能一直在那里，对卡佛的世界来说，他终究是个过客，是个不相干的借宿者。

卡佛也许是对中国当代文学产生了最深刻影响的美国作家之一。自20世纪90年代以来，许多中国作家都不加掩饰地承认卡佛的影响或至少是对卡佛的喜爱。

从卡佛那里，他们究竟领受了什么？

此事值得深思，这不仅涉及一个作家如何产生影响以及这种影响的阴差阳错这样有趣的问题，还涉及这种影响中一定反映着作家们如何借助某种启迪，照亮自身的境遇。

---

① ［美］卡佛：《大教堂》，230页，南京，译林出版社，2009。

谈论这个问题需要另一篇文章，但当我在上面如此这般地谈论卡佛时，其实是力图表明他的影响所在：一种上帝、知识分子、道德家和阐释狂都不在场、都无能为力的叙事，一种对沉默的意识。只是，在地球的那一边，卡佛似乎是在殚精竭虑地说着自己的事，没想跟谁过不去，而在这一边，他变成了一种文化立场，一种"断裂"的企图。

卡佛的眼光和调子仍在，但故事的主角换了。你要是以为中国的作家们会用卡佛那样的眼光去写农民工或写底层，你可就完全错了。卡佛以及他的老婆、孩子、爸爸、酒友，这些人在十余年来的中国文学中曾经大规模出现，但是，中国的作家似乎对这些人更有把握，比卡佛有把握得多，我们可不会听任他们沉默，我们根本就没注意到、没想到这些人沉默着，相反地，话很多。我们一定要替他们说出来，谁不听是不对的，谁质疑更是不对的，因为我们在替他们说话。

我不知道卡佛对此作何感想，他是个没觉悟的，从未认为自己倒霉的生活有任何道德优越性，也许他会受到中国同行的启发而豁然开朗，但另一种可能是，他会把这些当作扯淡，回去继续抱着他的酒瓶子，继续担心屁股底下的椅子被谁抽走，他知道，那些为他说话的人没想到他的椅子。

与此同时，在受着卡佛的眼光和语调影响的作家们那里，故事的人物换成了另一批人，这批人在生活中其实不像卡佛，而是像布可夫斯基。

现在，我们又谈到了布可夫斯基，卡佛和这老流氓混了一晚上，然后回忆他的醉话，苦苦思考自己和他是怎么回事，思考的结果，卡佛没告诉我们，但是就是用后脑勺也能想得出来：我和他，不是一路人。虽然我七年前就认识布可夫斯基和喜欢布可夫斯基，但是我做梦也没打算和他做哥们儿，他迟早一定会把我扔到窗子外面去。

尽管卡佛和布可夫斯基身上有相同的味道：酒味、馊味，但布可夫斯基属于另一个物种：所谓"恶汉作家"的传统、反现代性的传统、桀骜不驯的传统。卡佛的小说在美国也冒犯了不少人——那些相信美国梦的先生们："在《新规范》上有人写过一篇很长的文章骂我，说我描绘的美国不是个快乐的美国，说我写的人物不是真实的美国人，说真正的美国人更高兴些，并能在生命中得到更多的满足，说我只是集中展现事物的阴暗面。他们说我对于劳动人民一无所知，说可能我这辈子根本就没干过任何蓝领工作。"（《卡佛自话》，见《大教堂》）但是，他们应该注意到，卡佛写这些小说绝不是为了冒犯他们，绝不是为了让他们不高兴，他们高兴不高兴也不关卡佛什么事，卡佛只是老实地、卑微地写出他的所知，所以卡佛是冤枉的，而类似的话用来指责布可夫斯基那可一点不冤枉，老布就是要让你们不爽，就是给你们添恶心的，他或许一生失败，那是因为他根本不在乎你们的狗屁"成功"，他也不是什么劳动人民，他是诗人——

> 今天晚上这个房间里只有一位诗人
> 今天晚上这个城市里只有一位诗人
> 也许今天晚上这个国家只有一位真正的诗人
> 那就是我

好吧好吧，就是你。那天晚上，小卡仰望着老布，一定觉得高山仰止，止都止不住，但是他也一定觉得这位老哥无限遥远，比中国还远。

总之，别开玩笑了，卡佛当然不像海明威，也不像布可夫斯基。那么，他总得像个谁吧？现在，端详着他的照片，我忽然想到——他可能像某个时期的契诃夫。是的，写《樱桃园》时的契诃夫。

读无尽岁月 | 201

关于契诃夫，我想起一件事。1945年，伯林在列宁格勒（圣彼得堡旧称）见到了阿赫玛托娃，两人聊了一夜，此事伯林四处跟人说，几乎成了世纪八卦。在那个著名的晚上，据伯林说，他们一直在热烈地讨论欧洲和俄罗斯的伟大文化传统，阿赫玛托娃提到了契诃夫：

阿赫玛托娃不喜欢契诃夫，因为他笔下的一切东西都是低调的、灰色的，一片污浊，"没有刀光剑影"。①

后来，伯林在莫斯科见到了帕斯捷尔纳克，他告诉后者：

阿赫玛托娃曾经对我说她无法理解为什么会推崇契诃夫。他的世界完全是灰暗的，从未闪耀过阳光，没有刀光剑影，一切都为可怕的灰雾所笼罩，契诃夫的世界就是一潭泥沼，悲惨的人物深陷其中，无依无靠。②

尽管很尊重阿赫玛托娃，我也不得不提醒大家，她在这里对契诃夫的评论与《新规范》先生对卡佛的评论是完全一致的，难怪帕斯捷尔纳克一听就急了：

阿赫玛托娃大错特错，"你见到她的时候告诉她——我们无法像你一样能随意到列宁格勒去——是我们这里的所有人对她说的，所有的俄国作家都在对读者进行说教，连屠格涅夫都告诉我们说时间是一剂良药，是一种可以治愈伤痛的药物，契诃夫却没有这

---

① ［英］以赛亚·伯林：《伯林谈话录》，177页，南京，译林出版社，2002。
② ［英］比赛亚·伯林：《苏联的心灵》，68页，南京，译林出版社，2010。

么做。他是一位纯粹的艺术家，完全融入艺术——他就是我们的福楼拜。"①

现在，当我翻出书，找出折页的地方，抄下这句话时，我才注意到，帕斯捷尔纳克把契诃夫和福楼拜相比，这给了我把卡佛与契诃夫相比的信心，因为，如你所知，我在刚才提到了卡佛与福楼拜的某种共同之处。

而且，作为对帕斯捷尔纳克的补充，卡佛说道：

我小的时候，阅读曾让我知道我自己过的生活不合我的身。我以为我能改变——我得先把书放下，才能改变我的生活。但这是不可能的，不可能就这样，在打一个响指之间，变成一个新的人，换一种活法。我想，文学能让我们意识到自己的匮乏，还有生活中那些已经削弱我们并正在让我们气喘吁吁的东西。文学能够让我们明白，像一个人一样活着并非易事。至于文学是否能真的改变我们的生活，这样想想当然好，但我真的不知道。(《卡佛自话》，见《大教堂》)

比起契诃夫、福楼拜，卡佛是个小作家，很小，他只是单调而有力地写出了他非常有限的洞见。他的力量就在这种有限和对这种有限的忠诚。但是，在他奋力抵达这种洞见时，我看到了契诃夫和福楼拜的影子。

2011年3月6日

----

① ［英］比赛亚·伯林：《苏联的心灵》，68页，南京，译林出版社，2010。

人民大地的诗人

——杜甫一千四百年

一千四百年后,杜甫活着。对此,他本人不会感到意外,他在生活的诸多领域中是失败者,常常无职、无钱、无房,甚至无食,多难多灾、穷愁困厄,但是,种种迹象表明,他从未怀疑过他的书写和创造的意义。"七龄思即壮,开口咏凤凰",他为诗而生,他坚信,自己将跻身于华夏文明那些光荣的不朽者之列。

这同样是千年以来中国人的基本确信。我们之有杜甫,正如我们有祖国。杜诗一千四百五十余首,很少有人把它读完,但是杜甫之诗已经构成中国人最基本的美学眼光、人生情感和文化记忆,以至于我们无法把他看成一个普通的杰出诗人。我们可以像谈论一个诗人那样谈论王维或李商隐,但当想起杜甫时,我们如同想起父亲,他始终伴随着我们,我们身上流淌着他的血液,我们的声音中蕴藏着他的声音,如大地般辽阔、沉厚的声音。

杜甫是大地的诗人,他毕生活动的区域,东至山东,西至甘肃,南到四川、湖南。行万里路,于今是等闲事,于古是千难万险。在他的早年,这是意气风发、浪迹江湖,中年以后,却是颠沛流离,是大地上安不下一张书桌。和他的前辈诗人一样,杜甫最初是山川中的独行者:在这样的诗中,似乎大地上只有一个诗人,早期的《望岳》,结束于"会当凌绝顶,一览众山小",正所谓披襟当风,遗世而独立,此时的杜甫和以前的诗人们一样看不见大地上的人群,似乎大地只是一个抒情场所,诗人们在此超拔于俗世。即使是"哀民生之多艰"的屈原,其实在他的诗中也看不到"民"之踪迹。

但是,杜甫渐渐走进了大地上浩大的人群。杜甫在中国诗歌史上横空出世的意义,在于他决定性地实现了目光的调整,大地不再是与红尘相对的地方,不再是安放宁静心灵的地方,大地是人之居所,是千千万万的黎民所生息的地方,行走于大地,便是行走于民间。那些曾经在《诗经》中神采飞扬,但在《诗经》之后的个人诗作中再未被清晰注视的人物和景象蓦然被看见——那些农夫、士兵、小吏,那些悲伤的母亲和走投无路的弱者,大地上的不公不义,大地上的残破、疾苦。此前从来没有一个中国诗人如此真切、如此深情和诚挚地注视着人群,注视着一个一个的百姓,注视吾土吾民,在杜甫的笔下,大地不再仅仅是精神的大地,大地恢复了,获得了它的人间性。

正是在这个意义上,杜甫成了诗之圣者。诗歌到杜甫,儒者的精神才达到登峰造极的"大成"。正如孔子一样,杜甫的世界是"天下",这是审美世界,同时也是政治的和伦理的世界。"致君尧舜上,再使风俗淳",杜甫从未放弃对于一个好世界的理想和希望。在儒家那里,正当善好的政治生活和伦理生活,完全系于一种基本的人类情感:己饥己溺,推己及人,感同身受,而这同时也是儒家诗学的前提,所谓"赋比兴",在根本上不是修辞,而是将自身移入他人与万物。但作为诗人和儒者的杜甫,他的感时忧国、他对天下和平与公义的关切、对人的正当生活的关切既是出于理念和心性,更是源于他最深刻的生命体验:"苍生未苏息,胡马半乾坤","朱门酒肉臭,路有冻死骨"!这说的不是别人,说的就是他自己,他的心与身就在苍生之中,就在受难的黎民中间。当他被历史与生活放逐到最低处,与那些卑贱者和劳力者承受着共同命运的时候,这个人在底部和低处获得了植根于大地的力量,他站着书写、无畏地见证真实,由此抵达了古典诗歌艺术与伦理的巅峰。

一部中国诗歌史,完全可以分为杜甫前和杜甫后,杜甫特立独出,开辟了新天新地,从此确立了不可动摇的诗歌标准,被诗人们奉为楷模。世上有两种艺术家,有的艺术家令人目眩神移,但是你不会想到学他。比如李白,几乎所有的人都爱李白,包括杜甫也包括皇帝;但是,无论当时还是后世,几乎没有什么诗人会想到学习李白,李白不可学、学不像,他天马行空,冲破了人类生活的正常尺度。而杜甫属于另一种艺术家,他是高山,令人仰望,但是,你知道,他也像山一样安稳,他开辟和界定了一系列基本的艺术原则和路径,你可以一步一步地走近他、攀登他。

美国汉学家宇文所安说,杜甫的唯一可以确定的特性是他的丰富性。这在某种意义上是对的,当你直接面对杜甫的诗歌时,你看到的是一个生气勃勃、精力旺盛的人,对世界有广博的兴趣和热情,"老杜"并不总是那么老那么深沉,也意气飞扬,也开得玩笑,他深爱他的妻儿——或许是我孤陋寡闻,在他之前,除了悼亡诗,我没有见过中国诗人谈论妻儿,而杜甫却写下了"遥怜小儿女,未解忆长安。香雾云鬟湿,清辉玉臂寒",这在现在是寻常之事,但在当时却是独出新声。从家国之思到个人经验,杜甫极大地扩展了诗歌的表现疆界,他的诗句在中国人的心中持久回响,那是因为,他如此贴近和全面地写出了民族生活的基本情感结构,也是因为,他凝练、强劲、精确的表达也同时构造了中国人感受自我与世界的能力。

　　但是,杜甫的不朽生命力绝不仅仅系于他的丰富性,他是万古流淌的江河,他的宽阔不能取代他的方向,后世的诗人可以从杜甫开辟的广阔疆域中获得丰富的教益,但是,他最终不得不对杜甫的根本方向做出回应。直至今日,杜甫依然是具有强烈当下性的诗人,他活着,他向所有的诗人提出严峻和迫切的问题,他站在大地上,站在人民中间,他在问:为何而写?为谁而写?

2012 年 4 月 7 日凌晨